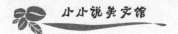

小小说美文馆

U0571060

红尘有爱

主编◎马国兴 吕双喜

半亩花田勿忘我

郑州大学出版社

图书在版编目(CIP)数据

红尘有爱:半亩花田勿忘我/马国兴,吕双喜主编.—郑州:
郑州大学出版社,2014.2(2023.3重印)
(小小说美文馆)
ISBN 978-7-5645-1680-2

Ⅰ.①红⋯ Ⅱ.①马⋯②吕⋯ Ⅲ.①小小说-小说
集-中国-当代 Ⅳ.①I247.8

中国版本图书馆 CIP 数据核字(2013)第 310901 号

郑州大学出版社出版发行
郑州市大学路40号   邮政编码:450052
出版人:孙保营   发行部电话:0371-66658405
全国新华书店经销
三河市鑫鑫科达彩色印刷包装有限公司印制
开本:710 mm×1 010 mm 1/16
印张:13
字数:185 千字
版次:2014 年 2 月第 1 版   印次:2023 年 3 月第 2 次印刷

书号:ISBN 978-7-5645-1680-2   定价:42.00 元

"小小说美文馆"丛书

总 策 划 、总 主 审

杨晓敏　骆玉安

编委名单

主　编　马国兴　吕双喜

编　委　（以姓氏笔画排序）

王彦艳　连俊超　李恩杰

李建新　牛桂玲　秦德龙

梁小萍　郑兢业　步文芳

费冬林　郜　毅

序

杨晓敏

书来到我们手上，就好像我们去了远方。

阅读的神妙之处，在于我们能够经由文字，在现实生活之外，构筑属于自己的精神生活。透过每篇文章，读者看到的不仅是故事与人物，也能读出作者的阅历，触摸一个人的心灵世界。就像恋爱，选择一本书也需要缘分，心性相投至关重要，阅读的过程中，你会发现他与自己的不同，而你非常喜欢，也会发现他与自己的相同，以致十分感动。阅读让我们超越了世俗意义上的羁绊，人生也渐渐丰厚起来。

在这个信息碎片化的网络时代，面对浩若烟海的读物，读者难免无所适从，而阅读选本无疑是一个不错的选择。从《诗经》到《唐诗三百首》再到《唐诗别裁》，从《昭明文选》到"三言二拍"再到《古文观止》，历代学者一直注重编辑诗文选本，千淘万漉，吹沙见金。鲁迅先生说过："凡选本，往往能比所选各家的全集更流行，更有作用。册数不多，而包罗诸作。"为承续前人的优秀传统，我们编选了"小小说美文馆"丛书。

当代中国，在生活节奏加快与高科技发展的影响下，传统的阅读与写作方式发生了深刻的变化，小小说应运而生，成为当下生活中的时尚性文体。小小说注重思想内涵的深刻和艺术品质的锻造，小中见大、纸短情长，在写作和阅读上从者甚众，无不加速文学（文化）的中产阶级的形成，不断被更大层面的受众吸纳和消化，春雨润物般地为社会进步提供着最活跃的大众智力资本的支持。由此可见，小小说的文化意义大于它的文学意义，教育意义大于它的文化意义，社会意义又大于它的教育意义。

因为小小说文体的简约通脱、雅俗共赏的特征，就决定了它是属于大众文化的范畴。我曾提出，小小说是平民艺术，那是指小小说是大多数人都能阅读（单纯通脱）、大多数人都能参与创作（贴近生活）、大多数人都能从中直接受益(微言大义)的艺术形式。小小说作为一种文体创新,自有其相对规范的字数限定(一千五百字左右)、审美态势(质量精度)和结构特征(小说要素)等艺术规律上的界定。我提出的小小说是平民艺术,除了上述的三种功效和三个基本标准外,着重强调两层意思:一是指小小说应该是一种有较高品位的大众文化,能不断提升读者的审美情趣和认知能力;二是指它在文学造诣上有不可或缺的质量要求。

小小说贴近生活,具有易写易发的优势。因此,大量作品散见于全国数千种报刊中,作者也多来自民间,社会底层的生活使他们的创作左右逢源。一种文体的兴盛繁荣,需要有一批批脍炙人口的经典性作品奠基支撑,需要有一茬茬代表性的作家脱颖而出。所以,仅靠文学期刊,是无法垒砌高标准的巍巍文学大厦的。我们编选"小小说美文馆"丛书,是对人才资源和作品资源进行深加工,是新兴的小小说文体的集大成,意在进一步促进小小说文体自觉走向成熟,集中奉献出思想内容与艺术形式兼优的精品佳构,继而走进书店、走进主流读者的书柜并历久弥新,积淀成独特的文化景观,为小小说的阅读、研究和珍藏,起到推动促进的作用。

编选"小小说美文馆"丛书,我们选择作品的标准是思想内涵、艺术品位和智慧含量的综合体现。所谓思想内涵,是指作者赋予作品的"立意",它反映着作者提出(观察)问题的角度、深度和批判意识,深刻或者平庸,一眼可判高下。艺术品位,是指作品在塑造人物性格,设置故事情节,营造特定环境中,通过语言、文采、技巧的有效使用,所折射出来的创意、情怀和境界。而智慧含量,则属于精密判断后的"临门一脚",是简洁明晰的"临床一刀",解决问题的方法、手段和质量,见此一斑。

好书像一座灯塔,可以使我们在瞬息万变的社会不迷失自己的方向,并能在人生旅途中执着地守护心中的明灯。读书是一种积极的生活情趣,一个对未来的承诺。读书,可以使我们在人事已非的时候,自己的怀中还有一份让人感动的故事情节,静静地荡涤人世的风尘。当岁月像东去的逝水,不再有可供挥霍的青春,我们还有在书海中渐次沉淀和饱经洗练的智慧,当我们拈花微笑,于喧嚣红尘中自在地坐看云起的时候,不经意地挥一挥手,袖间,会有隐隐浮动的书香。

(杨晓敏,河南省作协副主席,郑州小小说文化传媒有限公司董事长、总编辑,《小小说选刊》《百花园》主编。)

目录

1

红豆相思图

聂鑫森

这两个人,当然是一男一女,都快六十了,各自失偶已愈三年。他与她虽都供职于潇湘文理学院,却不同系,彼此几乎没有什么交往。倏地由双方儿女一撮合,很快就成了连理。没有起承转合的恋爱过程,只因小字辈既是中学、大学的同窗,又一起出国留学一起"海归",交谊不错,劝说的理由也很简单:"你们都爱好收藏红豆啊。"结婚的仪式就像走亲戚一样平常,双方的亲人及老友在一起高高兴兴吃个饭,新娘便住进了新郎那个幽静的院子里。

新郎叫庄种蕉,字听雨,名和字是其父起的,典出古诗"旋种芭蕉听雨声"。种蕉是美术系教国画的教授,同时又是闻名遐迩的画家。他酷爱画蕉,或作主体,或作背景,下笔狂肆,色墨淋漓。成片的蕉林,单株的芭蕉,或只画一片、几片芭蕉叶,从中可体会出芭蕉春、夏、秋、冬的不同姿仪,故他有枚闲章刻的是"蕉客"二字。

祖传的这个庭院在湘潭城西,与湘江结邻,一院子沉沉碧绿,种的全是芭蕉。没事时,他清瘦的身影在蕉叶间飘动,是一幅极动人的画。

他喜欢收藏红豆,是因为小时候父亲课读唐人王维的《相思》一诗,给他留下太深太美的印象:"愿君多采撷,此物最相思"。他用精致的小锦盒,装盛不同地域所产的红豆,广东、广西、海南、云南……或利用出差、写生的机会在当地选购,或是友人、学生殷勤赠予。他对赠予者必以芭蕉画作回报,

这叫"投桃报李",皆大欢喜。

新娘叫竺卷帘,字待月,在中文系主讲历代诗词。她年轻时既是美人,又是才女,即便渐入老境,也是风韵犹在。她除出版学术著作多本外,还有自印的只赠友人的旧体诗词《卷帘集》。她对于具有古典情调的帘子特别钟情,家中到处悬挂着帘子,窗帘、门帘、堂帘、廊帘,材质或竹或绸或布。她的诗词中,也常常写到帘子:"十二栏杆人寂寂,秋荫都上画帘来";"帘底翠鬟残烛梦,车前红叶夕阳诗";"最怜待月湘帘下,两袖松风椅微凉"……

她和前夫都是广州人,是二十年前调到湘地来的。自小父母就给她戴红豆做的手链和项链,于是便有了收藏红豆的癖好。她从不打麻将,但从唐人温庭筠"玲珑骰子安红豆,入骨相思知也无"的诗句中得到启发,选购小粒四方体羊脂玉,请首饰店的工匠把精选的红豆子镶嵌上去,成为她闲时的把玩之物。

"五一"劳动节后,种蕉和卷帘开始了他们的"第二春"。

这个院子的格局不算小,有十几间青瓦青砖的房子,卧室、藏书室、画室、书房、客厅、餐厅、客房……一应俱全。院子里满是芭蕉,绿意森森。双方儿女都成了家,自有他们的住处,就剩下两个老人与之厮守。

两家的藏书归到了一室。种蕉说:"原先的横额为'蕉书阁',我看应改个名,你拟我写,行否?"

卷帘想了想,说:"叫'书鱼室'如何?啃书之虫古人谓之书鱼,你我便是。"

种蕉击掌叫"好"。

两人所藏之红豆,专辟一室放置。卷帘说:"我刚拟了一个,这处该你了。"

种蕉在橱架前边走边看,当看到那两颗嵌红豆的羊脂玉骰子时,灵思一动,说:"叫'玲珑相思馆'如何?取自温庭筠的那两句诗。"

卷帘脸上一热,含笑首肯。

他们结婚合影的放大相片,挂在"书鱼室"正面的墙上。

卧室的墙上呢，挂着两幅字画，一幅是种蕉数年前赠给发妻的，叫《蕉荫品茗图》，画的是一男一女坐蕉旁的几桌边品茶，人物很写实，一看便知是种蕉夫妇；另一幅是卷帘丈夫生前用行书所写她的一首五古："君问卷帘人，红豆藏几许？相思无尽期，两心共今古。"他们彼此体谅对方的不忘旧情，觉得应该这样做。

种蕉和卷帘都是博导，要工作到六十五岁才能退休。种蕉无须一日三餐都在教工食堂吃了，他没想到卷帘是个烹饪高手。早餐的煲粥和点心，晚餐的几道荤、素菜，都做得非常可口。中午呢，两人在教工食堂用餐，由卷帘去点菜，安排得极周到。在家里吃过晚饭后，他们并肩在院中散散步，然后，一个去画室作画，一个去书房看书、撰稿，互不干扰。临近子夜时，准时回到卧室。

他们靠在床头，看着墙上的字画，聊些陈年旧事。

卷帘说："你们在蕉荫下喝茶，都喝些什么茶呀？"

"我们喜欢喝绿茶，多是西湖龙井、黄山毛尖、湖南郴州'狗脑贡'这几种。"

"哦。"

"你先生的行书，写得真不错，他大概很喜欢习黄庭坚的字帖？"

"是啊。他说黄字顾盼生姿、摇曳多韵致，有创新，却又在规矩之中。"

"啊。我们该休息了。"

"行。"

于是他们一人一个被子，安安静静地进入梦乡。

日子过得快无声息，放暑假了。

双方的儿女兴致勃勃地给他们办好了旅游手续，让他们随团去浙江一带的风景地游玩、休憩，为期半个月。因为他们带着结婚证，白天寻山访水，夜晚可以在同一个房间休息。洗浴过后，他们相倚在床头聊天，谈诗谈画谈此行的种种细微感受。谈着谈着，种蕉忽然把卷帘揽到怀里，卷帘的头在种蕉胸前轻轻地拱动。

不知是谁的手把开关揿了一下,电灯熄了……

当他们旅游回来刚下火车,正好暮色四合。儿女们在车站口迎接他们,然后在一家大饭店的雅间为他们设宴洗尘,再用小车把他们送到家里。在一片欢笑声中,儿女们立即告辞走了。

种蕉说:"茶也不肯喝,说走就走了。怪!"

卷帘说:"这些小家伙,只怕有事瞒着我们。"

出行前,他们把一大串钥匙交给儿女们保管,现在回来了,钥匙又物归原主。他们一间房一间房地检查,发现几处墙上的装饰变动了位置。"书鱼室"正面墙上,他们的结婚照不见了,移到了餐厅的墙上。卧室墙上种蕉所作的《蕉荫品茗图》,移到了他画室的墙上;前夫赠卷帘的行书轴,则移到了她书房的墙上。

卧室的墙上呢? 什么也没有了。

他们相互对视,什么也没有说,孩子们都替他们说了:旧情不忘,各藏自己的心底;新情肇始,应有其一个祥和的空间。

种蕉大声说:"此时,我要去画室画一张大画,红豆树上,结满累累红豆,再添一对绶带鸟,叫《红豆相思图》。"

"不可不配几片蕉叶,你不是自称'蕉客'吗?"

"再加一钩新月,因为你字'望月'。"

"种蕉,我要为此图作一首诗,再由你题写上去。"

"然后,挂在我们卧室的墙上。我去作画了,烦你在画案边开炉煮壶茶吧。"

"好。"

冬夜，一束灿烂的光

聂鑫森

天很快就黑了。

沙、沙、沙，下起了雪粒子。

屋子里冷得很，空得很。

妈妈吃过晚饭就走了，去一家夜总会洗碗、洗杯子和扫地，剩下孤零零的小鹃。

妈妈昨夜在扫地时，从垃圾里拾起了几支半截的小蜡烛。妈妈告诉小鹃，夜总会里的灯光很暗，每张小桌上都点着小蜡烛，远看像好多好多的星子落在地上。

可惜，小鹃一次都没有去看过。她一边搓着冻僵的手，一边寻出蜡烛和火柴，小心翼翼地点着了，在一只小碟子里倒出一点点融化的烛油，再把蜡烛竖着粘上去，屋子里似乎暖和了很多。她摊开课本和作业本，开始做老师布置的作业。小蜡烛焰头小，光线影影绰绰。小鹃想再点一支，到底舍不得，谁知道这电会停到哪一天呢？

小鹃抬起头来，看着对面三楼明亮的窗口，那是亮子的家。亮子有爸爸有妈妈，家里什么都不缺，亮子一家人都对人和气，她觉得亮子真有福气。她想起因癌症而去世的爸爸，三年前，她才十岁，爸爸在病床上拉着她的手，说："小鹃，以后你要听妈妈的话。爸爸怕是不能陪你们了。"她想起妈妈，厂

子不景气,下岗了,到一家夜总会去做临时工。因为厂子拖欠电费,连家属区也经常停电。

小鹃扑啦啦掉下泪来,一滴泪落在作业本上,把方程式中的一个"Y"字,泡得很胖。她揩干了泪,赶忙做起作业来。她得抓紧做完,然后尽快复习功课,这样可以节约蜡烛。

蜡烛的光摇晃着,缓缓流着红红的泪水。

突然,小鹃的面前亮出一大块光斑,像泼出的一泓银水。她的课本、作业本,她的冻得红红的手,都浸在这一泓银水中,模模糊糊的字变得很清晰。她吃了一惊,差点叫起来。

小鹃抬起头,追踪着射进玻璃窗的这一束光,想知道它到底来自哪里。

她看清了,来自对面三楼亮子家的窗口!

亮子的爸爸妈妈是另一个厂的,那个厂很红火,宿舍区也是亮堂堂的。两个宿舍区只隔着一道围墙,小鹃住的楼和亮子住的楼只是隔墙而立,距离很近。两家都在三楼上,窗口对着窗口。亮子和她同班,而且同桌。亮子多次请她到他家去做作业,她不去;要借充过电的节能灯给她,她也不要。她说:"亮子,谢谢你。妈妈说,我们不能给人家添麻烦。"

在亮子家玻璃窗后面,高高地架着一个塑料空心圆筒,倾斜的圆筒里拴着一只很大的灯泡。一束很强的光从圆筒里射出来,像探照灯一样,正射到小鹃的桌上!

小鹃立刻明白了,是亮子想出的办法。当然,亮子的爸爸妈妈肯定也参与了。

小鹃站到窗前,想对着对面三楼说一句感激的话,但喉头像有什么东西哽住了,什么声音也发不出来。小鹃看见亮子的身影了,他把两边的窗帘拉向中间,只留下那个"探照灯"的位置,然后,亮子就隐到窗帘后面去了。

小鹃静静地坐下来做作业和复习功课。

她想:这个下雪的冬夜、这一束灿烂的光,将永远永远留在她的记忆里……

他打喷嚏，她打呼噜

赵 新

那天早晨，男人在饭桌上打了两个喷嚏。喷嚏和喷嚏之间相隔时间很短，打了第一个，马上就打第二个，没有停顿和酝酿的时间，基本上是一气呵成。

女人斜了他一眼，没有言声。

男人肩膀一抖，又仰起头来打了第三个、第四个喷嚏。比起前两个，这两个喷嚏打得又嘹亮又清脆，好像是雄鸡报晓，好像是经过了预谋和准备。

女人赶紧用手护住饭碗，皱了眉头道："麻烦，讨厌！你打喷嚏，也不看时候？"

男人说："请问，你打喷嚏定时定点吗？上午还是下午？九点十分还是十点十分？"

女人扔掉手里的筷子，阴沉了一张脸道："你还不服是不是？现在正在吃饭，你喷出满世界的唾沫星子，说雨是雨，说雾是雾，病菌飞扬，污染空气，你有没有教养，讲不讲卫生，这饭还叫人吃不吃？"

男人说："我有什么办法？这是突发事件，又不是谁故意的！"

男人仰起头来又要打第五个、第六个喷嚏，女人愤怒地把他推出了餐厅，并且咣当一声关严了门。女人高声骂道："混蛋，泼皮！嫁给你算我瞎眼，你算什么东西！"

男人在客厅里孤零零地坐下来,眼里的泪水潸然而下,心里痛楚得像插了把刀子。

男人不由自主地想起了自己原来的女人。那个女人真是一个好女人:她温柔善良,善解人意,对他关爱备至,体贴入微。原来他也打过喷嚏,而且一打就是一串,大有一发而不可收的意思。逢到这种时候,女人就坐在他的身边问他,是不是着凉了,是不是感冒了;再用手摸摸他的额头,看是不是发烧了,是不是需要打针,是不是需要服药,是不是需要熬碗姜汤喝。那是多么贤惠多么温暖的女人啊,有她守在身边,别说自己没病,有病也就见轻了,也就很快好了!

可是那个女人走了,前往另一个世界里去了。而自己现在这个女人,依仗是位医院的大夫,进家之后就横挑鼻子竖挑眼,连打声喷嚏都被她管起来了!男人想,你们做大夫的就不打喷嚏吗?你们打喷嚏的时候是用手把嗓子捏着,还是用纱布把嘴堵着?

男人的泪水汹涌澎湃。男人在心里呼唤着那个女人:小慧呀小慧,你只管两眼一闭走了,你知道我水深火热的日子吗?我打声喷嚏都被人家赶出来,你说我今后的光景怎么过?男人忽然激动起来,鬼使神差地唱道:"小白菜呀,心里黄哟,三岁两岁,没了娘哟;跟着爹爹,还好过哟,就怕爹爹,娶后娘哟……"

女人从餐厅冲了出来,叉着腰问他:"你唱什么?你再唱一遍!"

男人一愣,才发现自己把歌唱错了,戳到女人的痛处了!男人立刻从屋里退出来,骑了车子上班去了。男人想,教训啊教训,有了这个女人,我唱歌都不能自由了;要是小慧还在,我想唱什么唱什么,想哼什么哼什么!

晚上躺在床上之后,女人很快睡着了。女人打起了呼噜,那呼噜此起彼伏,勾勾扯扯,弯弯绕绕,打成了连环套。

男人翻来覆去睡不着。越睡不着那呼噜越响,越响心里越烦,越烦越睡不着。

男人很不高兴地喊醒了女人:"讨厌!你睡觉还打呼噜!"

女人更不高兴："睡觉不打呼噜,吃饭打呼噜吗? 你别报复我!"

男人提高了嗓门儿："谁报复你? 你是女人!"

女人坐了起来："屁话,女人就不能打呼噜吗? 你别重男轻女,我们女人还出过花木兰呢!"

男人愤怒了："花木兰打过呼噜吗? 你少强词夺理! 你蹭锅不像蹭锅,拉锯不像拉锯,你还让不让人休息,让不让人睡觉?"

女人跳下床去,搬起被子就走："你睡,你睡! 你一个人安静,你一个人自由! 怕打呼噜你别找女人呀,当你的光棍多好! 告诉你,打呼噜是一种病态,你不但不心疼,反倒恼恨我!"

女人在客厅里的沙发上躺下来的时候,眼里的泪水潸然而下,心里一片酸痛。

女人不由自主地想起了自己原来的男人。那个男人真是一个好男人:他朴实憨厚,爽朗热诚,他的胸怀是一片宽阔的大海,让她佩服,让她感动! 原来她也打过呼噜,有时候打得尖利,有时候打得沉闷,有时候是小河流水,有时候是山摇地动! 她很不好意思地问过男人:"我的呼噜打到这种水平,你不嫌我麻烦、不嫌我讨厌吗?"男人笑了,说:"哪里的话啊? 我听着你的呼噜是一首乐曲,是一支歌,清新流畅,婉转动听,那是天籁之音!"她说:"是真的吗? 不影响你睡觉?"男人说:"是真的是真的,我得谢谢你,没有你的这支歌我还睡不着呢!"这时候她就抱住他,悄悄地叫着他的名字说:"王庆好王庆好,你可真是一块宝,让人舍不了!"

可是那个男人走了,突然之间就到另一个世界里去了。而自己现在这个男人,依仗自己是市政府的一位科长,就对别人动粗撒野,连声呼噜都不让打了! 女人想,打呼噜本是梦中之事,你能令行禁止吗? 我能做得了主吗? 女人想,他们两个都是男人,一个听着是乐曲,一个听着是蹭锅,差距咋就这么大呢?

女人的泪水喷涌而出。女人跳起身来,故意在客厅里弄出许多响动,让躺在床上的男人照样心烦意乱,照样睡不着觉!

红尘有爱·半亩花田勿忘我

男人喊道:"你疯啦?"

她喊道:"我疯啦,我叫你折磨疯啦!"

第二天起床之后男人说:"对不起,我们离婚吧!"

女人说:"好,很好,你说出了我的心里话!"

他们一起来到法院办理手续。法官说:"你们好不容易走到一起了,为什么又要离婚?"

女人严肃而郑重地说:"他打喷嚏!"

男人郑重而严肃地说:"她打呼噜!"

童　话

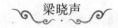

梁晓声

1977 年母亲病危时,我坐在病床边,握着母亲的手,问母亲还有什么要嘱咐我的。

母亲望着我,眼角淌下泪来。母亲说:"我真希望你哥跟我一块儿死,那他就不会拖累你了……"

我心大恸,内疚极了,俯身对母亲耳语:"妈妈放心,我一定照顾好哥哥,绝不会让他一个人待在精神病院里……"

当天午夜,母亲走了。

办完母亲丧事的第二天,我住进一家宾馆,让四弟将哥哥从精神病院接回来。哥哥一见我,高兴得傻小孩似的笑了,他说:"二弟,我好想你。"

算来,我竟二十余年没见过哥哥了,而他却一眼就认出了我。

我不禁拥抱住他,一时泪如泉涌,心里连说:"哥哥,对不起,对不起……"

我帮哥哥洗了澡,陪他吃了饭,与他在宾馆住了一夜。哥哥以为他从此自由了,而我只能实话实说:"现在还不行,但我一定会尽快将你接到北京去。"

一返回北京,我就动用轻易不敢用的存款,在北京郊区买了房子,简易装修,添置家具。半年后,我将哥哥接到了北京,并动员邻家的一个弟弟二

小一块儿来了。二小也是返城知青,居无定所,也没工作。由他来照顾哥哥,我给他开一份工资,可谓一举两得。他对哥哥很有感情,由他来替我照顾哥哥,我放心。

那三年里,哥哥生活得挺幸福,二小也挺知足,他们居然都胖了。我每星期去看他们,一块儿做饭、吃饭、散步、下棋,有时还一块儿唱歌……

但好景不长,二小回哈尔滨探望他的兄妹,一天不慎从高处跌下,不幸身亡。这噩耗使我伤心了好多天,我只好向单位请了假,亲自照看哥哥。

我对哥哥说:"哥,二小不能回来照顾你了,他成家了……"

哥哥愣怔良久,竟说:"好事。他也该成家了,咱们应该祝贺他,你寄一份礼给他吧。"

我说:"照办。但是,看来你又得住院了。"

哥哥说:"我明白。"

那年,哥哥快六十岁了。他的头脑、话语和行动越来越迟钝,但没有任何具有暴力倾向的表现,相反,倒是每每流露出自卑来。

我说:"哥,你放心,等我退休了,咱俩一块儿生活。"

哥哥说:"我听你的。"

哥哥在北京先后住过几家精神病院,有私立的,也有公立的。现在住的这一所医院,据说是北京市各方面条件最好的。

前几天,我又去医院看他。天气晴好,我俩坐在院子里的长椅上,我看着他喝酸奶,和他聊天。在我们眼前,几只野猫慵懒地横倒竖卧。

我问:"哥,你当年为什么非上大学不可?"

哥哥说:"那是一个童话。"

我又问:"为什么是童话?"

哥哥说:"妈妈认为只有那样,才能更好地改变咱们家的境况。妈妈编那个童话,我努力实现那个童话。当年,我曾下过决心,不看着几个弟弟妹妹都成家立业,我自己是决不会结婚的……"

"我认为,我是你们的班长,我要替家里也替你们去做最难的事。当年,对于咱们家，有孩子考上大学是最难的事……可惜，我没完成班长的任务，我让爸爸妈妈和你们失望了……对不起……"

他看着我苦笑。原来哥哥也有过和我一样的想法。自从生病四十八年来，他第一次说了这么长的话。我心一疼，黯然无语，呆望着他，像呆望着另一个自己。

哥哥起身将塑料盒扔入垃圾桶，又坐下后，看着一只猫反问："你跟我说的那件事，也是童话吧？"

"什么事？"我的心还在疼着。

"就是，你保证过的，退休了要把我接出去，和我一起生活。"

想来，那保证已是六七年前的事，不料哥哥始终记着。听他的话，也显然一直在盼着。

哥哥已老得很丑了。头发几乎掉光了，牙也不剩几颗了，背驼了，走路极慢，比许多六十八九岁的人显得老多了。而他当年，可是个一身书卷气、儒雅清秀的青年，从高中到大学，追求他的女生很多。

我心又是一疼。

我早已能淡定地正视自己的年纪，但对哥哥的迅速老去，却是不怎么容易接受的，甚至有几分悸恐、恓惶，正如当年从心理上排斥父亲和母亲无可奈何地老去一样。

"你忘了吗？"哥哥又问，目光迟滞地望着我。

我赶紧说："没忘，哥你还要再耐心等上两三年。"

"我有耐心。"他信赖地笑了，话说得极自信。随后，目光望向远处。

其实，我晚年的打算从不曾改变——更老的我，与老态龙钟的哥哥相伴着走向人生的终点，在我看来，倒也别有一种圆满滋味在心头。

红尘有爱·半亩花田勿忘我

感 想

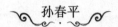

孙春平

　　春节的时候,女儿从南方回来。夜里下了大雪,北方长大的女孩便如见了亲人一般兴奋,急邀昔日的同学好友去滑雪。疯跑了一天,再回家门时,女儿便将脚下的旅游鞋远远地甩到一边,又嚷着让妈妈陪她连夜去买鞋,说这双鞋不能穿了,明天同学们还有活动。她的鞋怎么这么不结实,怎么就不能穿了?我抓块抹布将鞋子擦抹干净,戴上老花镜仔细查看,原来不过是鞋帮上绽了线,便喝止母女二人留下看电视,又翻出工具盒,坐到一边缝纳起来。女儿凑到我身边,笑嘻嘻地说:"老爸,你的工夫怎么这么不值钱,这种简单劳动也值得你劳力劳神呀?有这时间,你去电脑前敲出两千字,兴许买双鞋还有剩呢。"这话我不爱听,便说:"物尽其用,当为美德,不要什么东西就知道买。当年,我上山下乡时……"女儿急打断我说:"得得得,老爸,你的一双农田鞋补过二十三块补丁,是吧?这话你跟我说过八百二十六遍了。消费观念也要与时俱进,这话你不反对吧?"一句话堵了我个倒仰,顿时让我失去了再跟她谈论什么的兴致。

　　女儿却突然抓住我的手指,问:"这亮晃晃的是什么?"我说:"是顶针儿呀,补衣补鞋的家什儿,顶住针鼻儿推针省力气,这也值得大惊小怪?"女儿急将顶针儿从我指上褪下,拿在手上仔细观看,问:"这东西是从哪里搞来的?"我心里越发不悦:"怎么是搞来的,当年看我从乡下一回家就补鞋,我奶

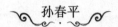

014

奶就把这东西给了我。"女儿问:"那太奶奶又是谁给她的?"我回忆说:"这话我也问过,你太奶奶说是她结婚时,她奶奶给的,那可是你的祖奶奶了。你祖奶奶儿孙多,孙女出嫁,哪有资金再一一送陪嫁,有此一物权作一个念想吧。"女儿说:"那老爸把老祖宗的这个宝贝转赠给我可好?"我断然回绝:"等我去见你太奶奶时再说吧。"

那个顶针儿是青铜打造的,做工不算精致,但好用,尤其是戴在男人的指上,因为它比以前我见过的顶针儿要宽许多,外径也大一些。奶奶将它交到我手上时,内侧是用丝线细细密密缠绕着的,那肯定是因为过于粗大而不适合女人的纤指。奶奶的祖上是旗人,就是满族,满族的男丁要亦兵亦农屯垦戍边,我曾猜想,这粗大的顶针儿是不是奶奶祖上的哪位兵勇壮士用来缝补马鞍革甲的呢?

数月后,我为妻子补鞋,却再找不到那只顶针儿。自然想到了女儿,打电话过去,女儿哈哈笑,说:"老爸呀,哪知你乱七八糟的工具盒里还藏着这般宝贝呀!我找朋友请教过文物专家了,专家说那顶针儿可能是清咸丰年间的东西,属军中用品。我又拿到文物市场去问过,人家立马开价五千元,还问我多少钱才肯出手。"我心里陡地一惊,急问:"你卖啦?"女儿说:"我才没那么傻呢,我要待价而沽。"我喝道:"你待什么价,沽什么沽? 就是给座金山,你再回家时,也要把东西给我带回来! 那是我奶奶给我留下的念想,念想无价,你懂不懂?"

我珍藏的是念想,而女儿关心的是价值,两代人之间的这道鸿沟,是否能跨越呢?

别　处

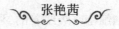

张艳茜

　　是否和一个人有缘，在一见面的几秒钟里，以相互的对望就能做出判断。这对望的时间，甚至只需要三秒钟就能得到结果。

　　所以，当我在人群中挥手告别了阿泰，我的直觉告诉我，我将在某一天再次与他相遇。

　　如玉就是这样开头对我讲述的。

　　然后，如玉停顿了一下，她说，您能体会那种痛苦吗？在家里无论你说什么，永远像是自言自语。就像这样……如玉一只手扶着方向盘，一只手打开副驾驶上方的抽屉，取出一把水果刀，然后对准方向盘上白皙如玉的胳膊。

　　如玉连贯的动作，吓得我不轻，我急忙小心地拿下她手中的刀子。她却苦笑着说，您别担心，我只是想告诉您，即使用刀子割肉，也不见有鲜血喷涌，这就是我们家里的气氛。我说的每一句话，重要的或是不重要的，都仿佛是对着空气对着风在说。

　　某一个早晨，我还没有从睡梦中醒来，突然，手机的信息声响起，是阿泰发来的，只有简单的两个字："好吗？"

　　那时，我还不知道，这简单的两个字问候意味着什么。但是，我很高兴。

　　我曾经漂泊到一个偏僻的小镇。起初，我是为了逃避现实的纷乱到这里来的。我将自己放逐在离家几百公里之外，以为远离了名利、权势、虚伪和落寞等的侵扰，以为可以内心宁静地享受简单生活的这份孤独。

在那个清晨，阿泰发来两个字——"好吗?"之后，每一个星期里，我的手机会出现一两次这样简短的问候。每一次收到问候，我都莫名地激动，就像黑暗中突然看到了一束光，虽然遥远而微弱，但是心里有一种追光而去的冲动。这是"飞蛾扑火"吗?

我给阿泰的回复总是婆婆妈妈的啰唆，我需要倾听的耳朵。

那年八月里的中秋节，秋高气爽的月圆之夜，我一个人孤独地躲在简陋的招待所的房间里。我宁愿在孤独中忍受孤独的痛苦，也不愿意在有人的地方接受人为的孤独折磨。

三天里，我吃了两天的方便面。夜晚降临，圆圆的明晃晃的月亮挂在窗户上，手机突然响起，阿泰的节日问候到了。他知道我一个人孤独过节时，又是简单一句话："真心疼你!"一声"心疼"，生生地就触到了我的伤心之处。最怕的就是柔软的温情。霎时，泪水一串串地在我的面颊上滑落，我不去擦拭，因为这是有热度的泪水。

如玉转过头来问我："这是有热度的泪水，您懂吗?"

我点点头，我说："我懂得。"因为我过去曾流淌了好多年冰凉凉的泪水，所以我知道泪水是有温度的。

中秋过后，接到阿泰的信息，他说："我能去看你吗?"

我斟酌后回复："好啊! 欢迎你来。"

接着阿泰又发来询问："你想我去看你吗?"

我脑子有些混乱，思谋着该如何回答他这句有些意味的问话。

犹豫了片刻，我说："我已经告诉你了——好啊! 欢迎你来。这条你没有收到吗?"

这自然是我不够高明的小伎俩，"想让你来"和"欢迎你来"，从字面上理解有很大差异的。

阿泰沉默了。

红尘有爱·半亩花田勿忘我

这种沉默，也使我本就交友谨慎的心，清醒了许多。想想，与阿泰，不过是人生很偶然的相遇，萍水相逢。那些信誓旦旦，曾经以为建立了深厚友情的朋友，时过境迁，不是也如风般匆匆与我擦肩而过了吗？

中秋过后就是国庆节长假，我找不到借口继续在外面漂泊，不得不回到那个家。乘上火车，我礼节性地给阿泰发去了一个信息，告诉他，我将回家，不再回到小镇。

没有得到回应。

我又回到了我熟悉的生活环境里，仍然常常在人群的热闹中陷入孤独。我再次将疲惫的身心，倾向本以为是依托的情感，却生生地将自己跌落在了空中。我无着无落，仿佛置身于荒漠，失去了目标，也失去了曾经的生活梦想。

偶尔，心里冒出复杂的念头，期待着沉默的阿泰，但究竟期待他什么呢？

节日里，收到了阿泰群发的问候信息。我回复了阿泰，然后又一次婆婆妈妈地絮叨了我已离开那个小镇，回到人群中。

我这次的啰唆，其实只是需要有一个人听我诉说，即使远方的阿泰继续沉默，也伤不到我。

手机在死寂的家中响起时，吓了我一跳。阿泰说："你离开那个小镇了？这么大的事我怎么会忽略掉呢？"

我苦笑着默然。

秋风萧瑟的傍晚，尘埃飞扬的城市里，难得的片刻清静。许是上苍有意的安排，就在这片刻的宁静中，白马王子似的阿泰有如神助般从天而降，微笑着站立在我面前。

我的人生已经不是刚刚启程的那时刻。现在的我，人生的目标早已定下，我懂得下一站将停靠在哪里。我只管一步一步向着那个方向行走便是。在我平静地执着地低头向前的时候，偶然地抬起头来，便与那时刻注目的阿泰相遇。我不敢为自己找理由，说这是天注定。我一边谴责着自己，不该无所顾忌地沉湎于这份幸福之中，一边又对自己说，关于灵魂的问题，交给上帝任由他去解决吧。

我们没有预谋，没有设计，发生的一切都意想不到。

阿泰说，看到我他心里就踏实了。阿泰还说，为我做这一切他很幸福。

如玉心里曾经空荡荡的那个地方，终于被迟来的情感填满了。我看着桃花满面的如玉，心里在想，像如玉这样温柔的女子，如果墙里没有人怜惜疼爱，墙外自然就有多情人送上灿烂的玫瑰。这一点儿也不奇怪。

可是。

我不知该为如玉祝福，还是为如玉担忧，所以不由得要说一句"可是"。

可是，不是每个人都能从容地扮演双面人，游走于双城之间的。固然，我可以轻松地批判如玉已超出约定俗成的道德底线，但是，让如玉坚守着妇道，在一个毫无生气失去灵魂内核的婚姻中萎靡度日就是道德的吗？

别处的相爱，别处的爱情，饱满了如玉曾经枯萎的精神。在别处，她也许不停地要遭遇各种意想不到，也许根本无法保证伴随她走完之后的人生。但是，它也许是如玉一生中人性最闪光的绽放。

女人红杏

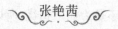

张艳茜

女人叫什么,我忘记了。也许她压根儿就没有告诉过我。

女人与我参加同一个会议,午饭后回房间时,女人敲开我的房门。她说看我一眼就产生了好感,她想和我说说话。她不顾及我已困倦疲惫、礼貌过后一副要谢客休息的态度,一屁股坐在我对面的椅子上。女人的眼神在迷离中闪烁异样的光亮,用我这个东北人的语言形容,那目光贼亮贼亮的。她明明盯着我,但我敢肯定,她根本就没有看着我。

回想起当时的情景,当这个穿着简朴随意、很有几分洒脱气质的女人,行云流水地向我讲出这个故事时,我知道该把她叫什么了——女人叫红杏。而那个与红杏的故事有关的男子,我叫他樯。呵呵,与等待"红杏出墙"的那堵墙一个音。但这个樯的本意是,帆船上挂风帆的桅杆,它能随风导引方向。

那天的阳光真好!那是秋天的阳光,带着懒洋洋的暖意,从窗外照射进来,散落在樯坐着的沙发上,就像进门后始终挂在樯脸上的微笑,自然而祥和。

坐在樯对面沙发上的红杏,却因紧张而慌乱。樯来时红杏正吃着早餐,现在,红杏忘记了停下来。她手里拿着面包片,一边紧张地往嘴巴里填着面包,一边为掩饰紧张而不停地唠叨着。

红杏没有想到,这个在朋友场合接触过几次的男人樯,会突然间来到红杏的面前,更没有想到,樯会一步步摸到红杏的家里。

红杏的紧张一方面来自她的自尊心。在家里见到樯,狼藉混乱的红杏生活真实的一面必然在樯面前暴露无遗,这令红杏非常尴尬。另一方面的紧张,是来自红杏内心的抗争。这是她和樯认识之后,第一次单独在一起,而且毫无缘由。红杏还无法确定这次的见面意味着什么,但一种莫名其妙的感觉,正在像春天里的藤蔓一样,在红杏心里生长着。

红杏狠狠地咽了一口还没有咀嚼的面包,似乎是要把这种感觉尽快连根除掉。就这样,红杏在紧张中不停嘴地吃着面包时,还不停嘴地讲啊讲啊的。红杏讲她生活的乐事,讲她工作的趣事,讲听来的逗事。总之,都是些快乐无比的事情。突然间成了话痨的红杏,显然有些语无伦次,有些力不从心。红杏望着窗外的阳光,尽量做到目中无人,不去看樯的表情。那张笑笑的脸,令红杏难以克制内心异样感觉的生长,这很恐惧。红杏不由得浑身战栗。

樯泰然自若、处惊不乱地认真听着,不时地提醒红杏:喝口水再吃。他根本不在意红杏要表达什么。待红杏将最后一口面包咽下去,一段话也稍有停顿,樯走到红杏面前,竟然在红杏的额头轻轻地吻了一下。

这真是要命的一吻!红杏听见了身上那套时刻处于自我保护状态——为自己铸造的无形却沉重的坚厚盔甲,被樯的这一吻融化的声音。

接着,樯轻轻地手捧起红杏的脸,端详着慌乱不堪的红杏。然后,樯很用力地将红杏拥抱在了怀中。温热的呼吸在红杏脸上拂过。樯对红杏耳语着:"你是一个令人心疼的女人。"

红杏试图挣脱开这突然而至的强劲拥抱,却无法摆脱这股迷醉的气息和直逼她脆弱神经的话语。

樯厚厚的嘴唇在红杏的脸颊轻轻地滑过,已经快到红杏的嘴唇上了。红杏能感觉到他们彼此呼吸和心跳的急促。

红杏不敢承认,她其实很渴望有宽厚胸怀的拥抱,很需要有坚实的臂膀

依靠。红杏最需要的其实就是疼爱和呵护。但是红杏的理智在抗争着——这个拥抱是不真实的,这个厚实的胸膛是不属于红杏的,这个突然而至的男人樯也是虚幻的。

红杏的理智,没有使樯停下嘴唇的滑落,他坚定而柔软的舌尖已经触到了红杏的唇上。

红杏旁若无人的叙述,将我雷打不动的午睡搅得没有了安身之处。而且,我们不过萍水相逢,才刚刚认识啊!红杏似乎很得意这种效果,她知道我在突兀中等待故事的继续,就突然停了下来,静默,盯着某一个地方发呆。好一会儿,她才猛醒过来一般接着讲述:

当那个阳光灿烂的秋日清晨,樯温热的舌尖触到红杏的唇上时,红杏没有为樯开启嘴唇。红杏在内心挣扎着,抗拒着。樯一定懂得了红杏坚定的理由,他再次紧紧地将红杏拥在他宽厚的胸怀。然后,樯低下头来,暖暖的气息吹拂在红杏面颊瘀血的伤痕上——那是五个手指粗暴地挥动留下的罪恶印记。樯厚厚的嘴唇一点一点在伤痕上吻过,吻得红杏心里快滴出血来。樯说:"你知道吗?你是宝贝,是需要全身心疼爱的,可不该是这样啊!"

红杏这次用力挣脱开樯的拥抱。红杏已经在寒夜里行走了太久,红杏习惯了隐忍寒冷,红杏承受不了突然的温暖。

红杏懵懂地看着转身即将离去的樯,不知道自己该做什么。樯说:"那就帮我开门吧。"红杏机械地开启了那道迎接樯进来的家门。

樯走出了房子。下楼时,樯回头的一望,依然是阳光般的微笑,却有着太多的不舍。红杏分明看到,樯笑脸的眼睛里有泪光掠过。

送走樯,红杏关上房门,第一次感觉到家的空荡,从未有过的孤独感油然而生。

红杏木然地站在镜子前,顺着樯亲过的额头、樯亲过的伤痕、樯抚摸过的脸颊、樯吻过的嘴唇、樯拥抱过的身体,手指在镜子上一点一点滑过。每一处,仿佛还都留有樯的气息和温度。

红杏的灵魂处于分裂状态。红杏越想抗拒对樯的思念,就越加强烈地思念他。

　　樯走后的很长一段时间里,樯坐过的沙发上的那个痕迹,被红杏小心地保留着。红杏的早饭改在了沙发上吃。红杏看着对面沙发那个曾经有过的樯的臀印的坐痕,每天都在等待着樯再次对她说:"喝口水再吃。"

　　红杏何时离开我房间的,我竟然毫不知晓。我一时恍惚,是否真的来过这样一个影响我午休,使我内心有种疼痛感的女人?

　　我望着对面的椅子,它默然,毫无表情,上面没留下任何痕迹。

凉风暖爱

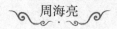

周海亮

　　朋友的童年，苦难相随。

　　黑暗一点点将他吞噬，朋友的世界终从五彩斑斓变成模糊不清再变成漆黑一片。那是注定无法医治的眼疾，朋友的父亲却仍然带他四处求医问药。三年以后朋友和父亲终于开始试着接受现实。那时候，可怜并且倔强的朋友，不过九岁。

　　朋友无数次摔倒又无数次爬起，常常摔破胳膊又磕破了脸。后来他终于可以独自去客厅，去洗手间，去阳台，去厨房，甚至独自洗衣服、洗袜子。朋友终于可以面对黑暗，他表现出与年龄极不相称的忍耐与坚韧。

　　他不再满足将自己关在屋子里。他要走出去，站在阳光里，抚摸每一棵花草。灾难于是再一次降临。一辆汽车将他撞飞，待他醒来，他已经不能动了。

　　车祸伤到他的脊椎。医生说，他能站起来的机会极为渺茫。

　　那段时间，朋友看不到任何希望。恰逢夏天，屋子里就像蒸笼，朋友汗如雨下，痛苦不堪。尽管父亲每隔一会儿就为他翻一次身，可是朋友还是长出褥疮。"我不想活了！"九岁的朋友冲父亲叫喊，"杀了我吧！"

　　一滴眼泪落在朋友额头。父亲的眼泪，冰凉并且哀伤。父亲说："娃，你很快就能站起来。"

"可是我再也看不见了。"朋友说,"你杀了我吧!"

"娃,你心情不好,不是因为眼睛,也不是因为腿。"父亲说,"你可以在黑暗中自立,不是吗?你心情不好,是因为天太热了。天太热,所以你痛苦,你烦躁。相信我,娃,待秋天,一切都会好起来。"

可是夏天似乎没完没了。尽管父亲每天都会坐在朋友的床头为他轻摇蒲扇,可是朋友的心情还是沮丧到极点烦躁到极点。终于,他开始拒绝父亲。"滚啊!"朋友说,"你连台风扇都买不起,你让我死了算了!"

父亲长久地沉默。朋友说那时,他甚至感觉不到父亲的呼吸。

父亲终为朋友带回一台风扇。风扇是他从单位领导那里买来的,花掉十块钱。尚未彻底失明的时候,父亲带朋友去串门,朋友见过这台风扇——淡蓝的扇身,宽大的叶片,就像一片被放大的三叶草。父亲让朋友轻抚叶片,父亲说:"我知道你早想要台风扇。爹穷,还得给你治病,没钱买……这台风扇太旧,转得太慢。不过没关系,有点风,能驱走闷热,足够了……振作些,娃。苦难就像闷热,夏天总会熬过去,待秋高气爽,我保证你能站起来。"

父亲将风扇放置到朋友的床前,朋友感觉到凉风习习。朋友仍然不说话,可是心里,几乎认同了父亲的说法。

每天父亲都会为他打开风扇,待他睡着,再将风扇关掉。多年以后朋友说,他的人生经历里,给他动力和鼓舞的,有时是冬天里的温暖,有时则是夏天里的凉爽。朋友伴着丝丝凉爽入眠,梦里站起来,跑出屋子,站在阳光下,站在花丛中,到处花香弥漫。

醒来,父亲已经不在。床头有风扇静静守护,如同父亲。

秋天时,朋友真的可以站起,走路,奔跑,跳跃。那台如父亲般苍老的风扇也在秋天里走过它最后的岁月——它不再能够转动,静默成为它的唯一。再后来,一个安静的夏天里,父亲永远离他而去。临终前父亲抓着他的手,说:"娃,爹不能陪你,先走了……留你一人在世间,好好照顾自己……"

现在朋友是一名职业盲人运动员。一次我去拜访他,见那台风扇仍然守在他的床头。那天我们聊了很多,当我告辞时,朋友突然说:"知道吗?其

实,这是一台不能再用的风扇——我指的是,父亲买它回来时,它就不能再用。也许风扇是父亲讨来的,我从未问过……那年夏天,每一个夜里,父亲都把自己当成一台风扇……"

"你怎么知道?"

"转动的风扇与摇动的蒲扇,我还是能够分辨出来的。"朋友笑笑说,"还有,最为重要的是——我能够闻到父亲的气息。"

"你跟父亲谈过此事吗?"

"当然没有。"朋友摇摇头,说,"我怕父亲难过。有些秘密,一旦被揭穿,就会令人伤心……其实从父亲扮成风扇的那一刻起,我就长大了……所以,不是风扇让我熬过那段最难挨的日子,而是父亲的蒲扇,以及他对我滚烫的爱啊!"

我看到,朋友的眸子里,泪光闪闪。

我和我的肉肉

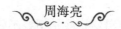
周海亮

我的肉肉,她是我的情人。

肉肉不难看,也不漂亮。她长着很小的眼睛,她的鼻子是圆的。她有着很宽敞的额头和很粗的眉毛,她的嘴巴不笑正好,一笑就大。夏天时肉肉喜欢穿很短的黑裙,冬天时肉肉也喜欢穿很短的黑裙。夏天和冬天对肉肉来说是一样的,她说反正这个世界如此寒冷。

闲时我喜欢带肉肉去茶馆打麻将。她眉头紧锁,两条眉毛打成死结。肉肉牌技精湛,很少放炮。当然她也很少和牌,理由正是因为她很少放炮。打完麻将我照例带肉肉吃饭,我开起车子,风驰电掣。肉肉说:"你慢一点儿,怪危险的。"肉肉说:"我还想与你长相厮守呢。"我问:"咱们去哪里吃饭?"肉肉想了想,说:"还去'阿九狗肉'吧。""阿九狗肉"好吃不贵,肉肉总是想方设法替我省钱。

肉肉坐在我的面前,用牙签细细地剔牙。她优雅地用手捂着嘴巴,她是一位有素质的知识女性。然后,肉肉瞅瞅无人注意,偷偷将用过的牙签重新塞进牙签盒,轻轻摇摇,放回桌面。肉肉捂着嘴笑,我却吓唬她说,服务生可看见了。果然,一会儿服务生走到肉肉面前,很是坦诚地说:"小姐不用内疚,事实上来这里的每个人都会这样做。"我看到肉肉皱了眉,然后站起来,喉咙里响着,奔向洗手间。

肉肉非常可爱。非常可爱的肉肉有一个很小的旅行包,旅行包就放在床脚,里面装着肉肉的全部家当。肉肉隔三岔五就会抓起她的旅行包夺门而出,她的眼睛里饱含泪水,我却不明白是什么让她如此悲伤。我追肉肉到门口,我说:"你还会回来吗?"肉肉咬牙切齿:"再回来我是孙子!"然后,几天以后,肉肉重新敲响我的房门。她很认真地说:"爷爷,我回来了。"我上前拥抱她,饥渴的嘴巴寻着她的双唇,她却一把将我推开。"先吐了口香糖。"她甩甩头发,笑笑说。

有时我心不在焉地问肉肉:"跟我结婚好不好?"肉肉说:"当然不好。"我们就各忙自己的事情,几天不来往。有时肉肉心不在焉地问我:"把我娶了行不行?"我说:"当然不行。"我们就再一次很多天互不理睬。生活如此这般,我们亲亲热热,打打闹闹,一天又一天,一年又一年。

后来肉肉去了趟南京看望她生病的大学朋友,回来后,神色黯然。我问她:"你朋友去世了?"她说:"没有……病情也控制住了。"我说:"可是我看你好像不太开心。"她说:"朋友得的是乳腺癌,被割掉一只乳房。"我说:"那有什么?"她说:"可是她不再是女人了。"我说:"她不过割掉一只乳房,怎么会不再是女人呢?"肉肉不理我,她喃喃着,她不再是女人了,不再是女人了。深夜里,她的眼泪一串一串,打湿我苍白的胸膛。

后来我去了趟北京看望我遭遇意外的大学同窗,回来后,我变得无精打采。肉肉问我:"同学没救活?"我说:"不是……他已经出院了。"她说:"那你应该高兴才对啊。"我说:"可是你知道他是怎么受伤的吗? 他在街上晨练,被藏獒咬中下体。"她问:"结果呢?"我说:"医生给他做了手术,割了部分,留了部分……他不再是男人了。"肉肉说:"不是还留了部分吗?"我说:"那他也不是男人了。他不再是男人了,不再是男人了。"我重复着这句话,将两盒香烟抽得精光。

有时我会很认真地对肉肉说:"我们结婚吧! 趁我现在还没有被藏獒咬中。"肉肉考虑很久,说:"我不敢……我不敢破坏现在的美好,以及你的美好。"她的话有道理,于是我不再将她纠缠。而有时,肉肉也会很认真地对我说:"我们结婚吧!趁我的乳房还没有长出肿瘤。"我考虑很久,说:"我不敢……我不敢用美好换取灾难,以及我们的灾难。"我的话当然也有道理,肉肉也不再将我纠缠。生活如此这般,男耕女织,风调雨顺,烟酒糖茶,麻将狗肉,我和我的肉肉一天又一天,一年又一年。

可是那天我拥着肉肉,突然发现她长出了眼袋。眼袋那般丑陋,就像悬挂着的苍老的葡萄,标志着一朵青春躯体的永远逝去。我告诉她:"你长眼袋了"她说:"我知道。""我知道,"她说,"你的体力也不如从前了。"我说我们老了。肉肉说,我们都老了。那天我们喝了很多酒,听了很多曲子,肉肉的酒杯里,盛满她滴落的泪。

我们老了。所有人都说我们老了。他们劝我们结婚,可是我们不敢。

我和肉肉,其实都是单身。我们相恋二十多年,彼此深爱着对方。只是我们喜欢以情人相称并且仅仅以情人相称——肉肉是我的情人,我是肉肉的情人。生活就是这样,情人这个词,让我们放松,给我们安慰。

周四十

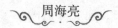

周海亮

东方人喜欢先灵魂到肉体，即两个人先要相爱，然后才能发生关系；西方人则喜欢先肉体到灵魂，即两个人先发生了关系，然后难舍难分，最终结为连理。所以说东方人的观念和处事多是理性的、雌性的、女性的，而西方人的观念和处事则多是感性的、雄性的、男性的。

这是我在席间的高论，听者冬玲。说完后我喝下一大杯扎啤，问冬玲，有道理吗？冬玲瞪瞪我说，周四十可以改写诗歌了。

我不写诗歌，只写小说。我是一位作家，我的外号叫周四十。这外号是朋友们送给我的，一半是玩笑，一半是嘲笑。我一天里大约可以写下一千字，四十块钱正好是我一天的稿费。这个外号让我蒙羞，谁都知道山东威海有个叫周四十的作家是个穷光蛋。

我有一位女朋友，叫作于丹。于丹凤眼樱唇，令我痴迷。我还有一位替补女朋友，她就是冬玲。冬玲不是特别漂亮，却非常年轻。后来于丹抛弃了我，冬玲于是进入我的生活。90后的女孩和70后的男人谈起恋爱，这件事本身就让我的虚荣心得到空前满足。四十岁的男人已经很老了，又老又丑，肚腩就像案板上的猪下水；而冬玲，她的脸上甚至还点缀着暗红色的粉刺。她的腿白皙并且笔直，小蛮腰扭动着，千种清纯，万种风情。

可是我养不起她。她要的并不多，酒吧里的伏特加，专卖店里的卡文克莱，一包圣罗兰，一台新款苹果手机。可是我办不到。这些东西并不是千字四十可以消受得起的。我知道写作必然会变得越来越穷，可是我没有想到后果会如此严重。我甚至想，四十岁男人的魅力，就是钞票的魅力吧。最起码，钞票是组成魅力的一部分并且是极其重要的一部分。钞票是美妙的、迷人的、坚挺的、高贵的。钞票可以换来爱情。我说的是爱情，不是女人。

冬玲常常取笑我。她为我买来手机，买来钢笔，买来早点，甚至买来内裤。然后她就坐在旁边，看着我笑。我问她笑什么。她说："我感觉你像我的小白脸。"她让我幸福并且难堪。我爱她。

决定做生意，在一个忧伤的夜里。那天冬玲丢了钱包，那天我们没有吃的。我们挤在床上喝白开水取暖，冬玲给我唱她新学的歌。后来冬玲问我明天怎么办，我说，可能会来笔稿费吧。冬玲问，不来呢？我说我去借钱。冬玲问："你还能借到钱吗？"我笑。我能，或者不能。能与不能都正常。我有朋友，很多。可是朋友不是为借钱给我而成为我的朋友的。我害怕失去他们。

我害怕失去他们，更害怕失去冬玲。我爱上十九岁的女孩，我就有责任。赚钱或者借钱的责任，爱与被爱的责任。我想一生拥有她，我害怕她成为第二个于丹。记得那夜所有的花朵都凋谢了，记得那夜有风挤进我们的屋子。我抱着冬玲，冬玲说"我冷"。我抱紧她，冬玲说"我冷"。我用了力气，冬玲说"我冷"。我起身，去烧第三壶热水，却发现煤气已经停了。

我杀回生意场，如鱼得水。其实写作以前，我就是做生意的。做生意让我讨厌别人，写作又让我讨厌自己。烈妇一旦做了婊子，绝对比婊子更无耻。我将生意做得很好。我很聪明，很勤奋。我也很无耻。

我不再写作，可是朋友们依然唤我周四十。这外号让我极不舒服，让我与旧我不能够彻底两断。我希望两断，我希望别人叫我作家。很多时候，过去或者现在，或者将来，我认为，作家是一个贬义词。

我买了很大的房子，冬玲搬过来住。那天是她十九岁的最后一天，我给她买了伏特加，买了卡文克莱，买了圣罗兰，买了新款苹果手机。冬玲伏在

我的胸前,璞玉般的小鼻子就像鸽子的喙。我说:"东方人喜欢先灵魂到肉体,即两个人先要相爱……"冬玲说:"那我们呢?你认为我们是先有了灵魂,还是先有了肉体?"我说:"我不知道,先有鸡还是先有蛋?其实鸡与蛋,是上帝同时创造的。然后鸡生蛋,蛋生鸡,鸡再生蛋……"冬玲说:"我听不懂。"我说:"我也不懂。现在,我只想和你好好过日子。"冬玲再一次把头埋在我的胸前,眼睛一眨一眨。她的脸颊闪动着青春的光泽,几颗漂亮的粉刺熠熠生辉。

可是冬玲没有和我好好过日子。后来她爱上了我的朋友,一位并不成名的作家。那作家没有钱也没有地位,可是他有灵魂。冬玲把自己嫁了,好像并不伤心。爱上作家太过正常,后来冬玲对我说:"因为我长大了,因为你很老了。"

没有人知道,在赚下第一个四十万时,那天,我哭得像个绝望伤心的孩子。

因为我知道,一切都结束了。

灵 犀

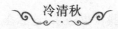
冷清秋·

父亲静静地躺在那里，不再训斥，也不再理会我。

他闭着眼睛不看我，也不看梅姨。他静默着，像睡着般淡然。我瘫在父亲面前颤抖、流泪："爸爸，都是我害了你……"

梅姨将我抱进怀里说："不，和你没关系！他只是年龄大了。人只要上了年纪，各种病就会找上门来，一不留神就会这样。再说，脑出血是突发病，搁谁都没办法。"梅姨的语气平静，表情淡淡，看不到她脸上的悲喜，她似乎在讲述一个和她无关的事。但我知道她是多么深爱父亲。

在我一直不表态的情况下，她固执地等了这么多年。我不了解他们——不了解梅姨的固执，不了解父亲的快乐。有什么可高兴的呢？从事那样的工作，晦气又丢人，我都要烦死了。交往很久的男友再次失踪了，好几个月短信不回，电话不接。他与我分手八百次，彼此都伤痕累累。最后一次他攥着我的手说："你爸我管不了，但是……算我求你了，你就不能为我换个工作吗？"

我把所有都怪罪到父亲身上。我和他闹腾，拿一瓶安眠药相威胁："难道再没有比这更好的工作了吗？干吗非要做这个？你自己做也就罢了，还要拉上我。不就是赚钱多吗？你就钻进钱眼里吧。是为了攒钱娶那个女人吗？好啊，我离开给你们腾地方……"

巴掌忽然就抡了过来，火辣辣地痛。我愣了，在眼泪涌出来前夺门而出，

直到梅姨的电话把我叫回来。路上设想的种种都被推翻,他就这么躺在那儿。

"爸爸⋯⋯"我哑着嗓子呼唤,他依然装作没听见。这让我焦躁、不安和愧疚。几个月来,我没和他好好说过一句话,进进出出都把他当空气。不当空气时就和他吵架,什么都是导火索,一句话不投机马上开战。

梅姨放下水盆,将双手抚在父亲的脸颊上。我脱口而出:"让我来吧。"

话一出口我被自己吓了一跳。不是排斥这些才闹腾的吗? 但内心却萌生出一种无法抑制的渴望,我想用自己的双手把父亲打理清爽再送他走。

梅姨却缓缓摇了摇头。我没再强求,这么多年一直深爱父亲的她,也只有这点奢望了。我呆呆地看着,许久后擦擦泪水问:"我能做些什么?"梅姨看了我一眼,又看了一眼,将一个小箱推过来。

这是父亲最珍爱的。靠这个我念完所有课程,到美容名校进修,我的新衣服和爱吃的蛋糕,所有的所有都是这个换来的。可近年来,我越发抵挡不住周围人闪烁的目光,那里面有说不清的意味,让我讨厌这工作。

那个暖暖春日里,我截住父亲侃侃而谈:"爸,爸,你有没有考虑过改行? 我们做些体面又有意义的工作,婚礼主持什么的也好哇。不然干脆就去开一家拉面馆,街角那家生意就很不错⋯⋯"

父亲不点头也不摇头,只是挥挥手:"你不懂,你什么都不懂。"

"我怎么会不懂呢?"梅姨您说,"他不就是想赚大钱吗? 可是人活着不单单需要钱啊。"

梅姨轻轻地"嗯",抬起头静静地凝视:"那⋯⋯人活着还需要什么?"

我激动起来。人活着需要快乐呀,愉悦地工作、学习和思考,将自己的快乐传输给每一个需要和不需要的人,只有这样的人生才有意义。

"试试吧。"梅姨垂下眼睑,再次将箱子推过来。

我愣了一下,没吱声。梅姨也沉默。瞬间的沉默中我懵懂地抱着箱子离开,似乎明白了她的希冀。

垂着的门帘很低,透过缝隙只瞥见半截蕾丝花边。撩开门帘进去,果然没猜错,是个和我年龄相仿的女孩,身段匀称,皮肤白皙,神情傲气又冷漠。

脸颊均匀地撒着些小雀斑。

我攥着她的手微笑问好,松开,着手准备下一步工作。她安静地躺在那儿,乖巧得让人心疼。我伸出手轻轻抚摸她的肌肤,将掌心的暖意传递。两个年龄相仿的女孩在这里一见如故,通过肢体轻触无声地交流。我把对她的喜爱毫不掩饰地通过指尖传输过去。温水净脸,涂上按摩膏,手指轻轻按摩划圈。她默默地感受着,一声不响地配合着。她对我敞开的信赖更加深我对她的喜爱。谁会不喜欢呢?乖巧,安静,如一朵静静绽放的小百合。

我轻声地和她聊,聊属于我们女孩子间独有的秘密。轻轻拍爽肤水,认真抹润肤露。先在自己手背上用粉底液做调色,软软的大毛刷在脸颊刷上两抹淡淡的红,珍珠粉收妆,薄施一层。

这些步骤有条不紊地进行着,我从来没想到会运用得如此娴熟,像从事多年的技师,像会见一位多年的朋友。

淡扫蛾眉,轻点朱唇。好了,现在她的脸就像三月的桃花:粉嫩剔透,莹润又光泽,玫瑰花瓣的唇微漾芳香。帮她把束着的头发散开,轻轻按摩头皮,舒缓她的矜持,赶走疲劳。我感觉她在闭着眼睛朝我微笑。

痛,就这样在不经意间弥漫开来,带出许多悔。

"你先去,占个地儿等我。"仪式完毕,推到火化炉前,梅姨俯下身趴在父亲耳边低语,声音细微如一枚银针落地,刺得我的心一阵抽搐。

梅姨是在父亲去世后不到一个星期离开的。

警察说是煤气中毒。事情还上了隔天的报纸。媒体提醒独居老人要及时检查和关闭家用煤气阀。邻里左右却另有看法,说梅姨是自杀。

我不信。梅姨那么爱父亲,她不会这样让尸骨未寒的他伤心的。

梅姨很安静,那些同梅姨一样躺着的"人们"都很安静。如果可以这么称呼的话,他们不挤不吵地候在那儿,不急不躁。

但我明白他们的心。他们在等待一双手,一双灵巧的手;渴望一颗心,一颗充满爱的心。

我整整衣服,走过去。

俗 事

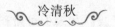冷清秋

晚饭时，二小子放下碗刚离桌，妻子突然红着脸小声问老赵："你一会儿洗澡不？"

老赵扒拉着碗里最后的几粒饭，斜睨妻子一眼："俗不俗？每天就想着那点事！"说完，老赵很不屑地回到书房，锁起门来写自己的小说。

因为痴迷文字，老赵每天都坚持写点什么。妻子当初就是看上这点和老赵结了婚。这几年，随着几篇小文见报见刊，陆陆续续收到或三十或二十的稿酬，妻子更是把老赵奉若神明，处处不敢违背。

老赵这次写的小说的主人公是个女人。大概意思就是这个女人几经磨难不顾家人反对，终于和深爱的男人走到一起，可谁也没料到她却在一个春夜出轨了，把自己的身体交给了一个她完全不认识的男人。思路已定，老赵开始丰满情节。

家人反对她的婚事，就写是因为男方太清贫。女人因为爱和他走到一起却又出轨，也一定是没抵御住外界的诱惑。可写完，老赵看看又觉得不好，情节太俗了，干脆换成是因为男方没有生育能力，女的无奈出轨只是想要个孩子？再看，老赵还觉得俗。突然门被嘭嘭敲响，老赵的思路中断。

二小子粗厚的嗓音就蹿了进来："爸，爸，妈问你喝不喝菊花茶！"老赵眉毛拧成一团，声音低沉："不喝！"脚步声在耳边远去，老赵接着思考自己的小说。不然就把文中的那个男人设置成一个没有责任心的人,结婚后什么都不管不问,导致那个女人心灰意冷,终于出轨?

门又响。动静明显比刚才大:"爸,妈问你不喝菊花茶,想喝什么?她正在榨胡萝卜汁,问你想不想来一杯!"老赵恼怒,三步并作两步冲过去拉开门:"别再来敲我的门打扰我,我在写小说!"

二小子"哦"一声,那边的声响顿时就低了下来。奏效!老赵扬扬自得地锁上门继续酝酿。那个男人为什么没有责任心?他花心?爱喝酒?抽烟赌博?可老赵又觉得不好。女人能深爱那个男人,并不顾家里人反对非要嫁给他,这个男人该是有自己的优点才对。优点是什么?老赵苦苦寻找无果。不知不觉中抓起的烟盒已经空空如也,房间烟雾缭绕恍若仙境。正沮丧,房门再次响起,紧接着是妻子不满的嘟囔。

"这都几点了啊,你还睡不睡啊?每天都这样,要不要命了?"微蹙的眉头紧拧,侧身中不满的话已箭一般冲出去,"烦不烦啊,刚不都说了别来管我么?怎么又来,你困就睡,我这里正在忙着呢,一会儿一敲门,一会儿一敲!总这样我怎么静下心写!"怒气冲冲地撂完话,隔着门侧耳等待,外面沉默了。过了会儿,妻子拖沓着远去,开门关门,一切息于静寂。

松弛下来的老赵舒展了一下身子,打了个分量十足的呵欠,余光瞄到时钟,三点零七。摘掉的眼镜重新戴上,盯着原稿,强拉回溜号的心。但思路凝结,写写删删好几次总也不满意。老赵有些烦躁,不知道该如何设置才最合适。不然就安排男人是诗人?不,文人。一个痴迷文字的人。对对,痴迷文字,爱面子,疏于和外界联系,里里外外都靠女人一个人撑着,久了,女人倦了累了,出轨就顺理成章。这么想着老赵笑起来,开始动笔。

但写着写着,老赵突然惊出了一身冷汗,他觉得文章里设置的那个男人太像自己。自以为是,粗暴,不做家务,不照顾孩子,更离谱的是那个男人记不清自己妻子的脸,不知道妻子喜欢穿什么样的衣服,还忘了妻子的生日和结婚纪念日。看着看着,老赵的内疚慢慢就多了。

这时房门又响,老赵放下内疚,起身拉开门,妻子睡眼惺忪地站在那里

怯怯地问:"你早餐想吃什么?南瓜粥行不行?"

老赵愣愣,这才发现天已经放亮了。

阳台上招展的衣物在清晨的微风里流溢出淡淡的香,窗明几净,一切都洁净得一尘不染。将眯着的视线收回,看套在妻子身上的那件浅粉色的碎花睡裙,老赵的心一跳,嬉皮笑脸地问,又没戴啊?说着一只手就探过去捉。妻子脸一红,嗔老赵一眼拧身就向厨房走。那浑圆结实的腰身突然让老赵浑身一热。老赵愣一下,暗骂自己:写什么狗屁文章啊!

冲过去的老赵很轻易地将妻子拥进卧室,咔嗒一声锁上了门。

半亩花田勿忘我

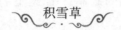
积雪草

女孩在网上有一块田，取名半亩花田。她的田里永远种着同一种花，那就是深紫色的勿忘我。男孩问她："勿忘我有四种颜色，鹅黄、浅黄、深紫、浅紫，你为什么独独喜欢深紫色？"女孩淡淡地回："喜欢就是最好的理由。"

男孩知道自己问了不该问的问题，于是默不作声地在女孩的花田里当起了园丁的角色，锄草、施肥、浇水、捉虫，间或给她留言，都是些散淡的心情之类，比如哪条街上茶餐厅里的小吃好棒，哪家水果店里新到了杧果槟榔，又淘到正版的老唱片了等，他都会事无巨细地留言告诉她。天气冷了，他会提醒她加衣；下雨时，他会提醒她带伞。

他的留言常常那样散淡而不经意地躺在她的留言箱里，有时候，她会盯着他的那些留言出神，转动着手里的咖啡杯，神思游移。那些留言，她多半不会回。隔一两天，她上网看看她的花是不是都开了，顺便看看他的留言。

现实生活里，她是一个都市白领，上班下班，从来都是独来独往。不见她与谁走得很近，没有人见过她有男朋友或男伴，也没有人见过她有来往密切的"闺密"。她谨言慎行，背地里大家都叫她"绝缘体"。

在那幢有着上百家公司的大厦里，早晚上下班是一大景观，匆忙的步履，得体的衣着，优雅的举止，混合着香水的气味。她裹挟在人流里，盯着前边一个女同事美腿上的网眼丝袜。虽然很风情，但她总觉得缺少了点什么。

正胡思乱想着,脚下七寸高的高跟鞋偏偏跟她较劲,往旁边一歪,玉山将倾。就在她快要摔倒的时候,一条强有力的手臂托住了她,她像一根藤,顺势站了起来。

她回头看了一眼,是新来的上司,眉毛很长,头发很密,看人的时候喜欢眯缝着眼睛。他笑:"你不谢谢我吗?不然你丑可出大了。"她说:"谢谢!"他压低声音:"怎么谢我?你请我吃饭吧!"她冷冷地回:"不。"他笑容转淡:"那我请你?"她看着他的眼睛:"你想追我?抱歉,我对小男孩不感兴趣。"

他比她小三岁。小不是原因,而是借口。她以为,这样可以让他知难而退。谁知他却毫发无伤,一把攥住她的手,讥讽道:"你怕什么?情商低?爱无能?难怪你这么老了,还没有人追你。"

他直视着她眼睛的时候,她的心还是微微地动了一下,可是很快调整好情绪,耸耸肩,做出无所谓的样子,爱说什么就说什么吧!

那天晚上,她一个人喝了一瓶波尔多红酒,火辣辣的液体像穿肠的毒药把她烧着了。她对着镜子笑,然后趴在桌子上哭,大半夜的时候,打开电脑,上网。

那些深紫色的勿忘我全部都盛开了,像一片紫色的花海。她打开留言箱,给男孩留言:我给你讲一个故事吧!相传中世纪欧洲有一位英俊的骑士,热恋着一位美丽的少女。有一天,他们共骑一匹马出去游玩。在海岸崎岖的悬崖上开着一朵小花,少女非常喜欢。骑士为了博得恋人的欢心,攀上悬崖去采,结果失足掉进了大海。我就是那个少女,和男朋友一起出去玩儿,让他给我买草莓蛋糕,他穿过马路的时候,被一辆飞驰而来的大货车带进了天国。从此,我的半亩花田里永远都是深紫色的勿忘我,我的世界里只剩下勿忘我。

隔天,她收到男孩子的留言:如果你愿意,我想和你一起种勿忘我。如果你愿意,请到街角那家咖啡馆找我。如果你愿意,我会连续一周,每天傍晚都等在那里。一周之后,我们将永远错过彼此。

她反复看着男孩的那条留言，犹豫良久，眼前晃动的却是一大片深紫色的勿忘我。"永远错过"，这四个字灼疼了她的眼睛。她想去看看男孩，可是她又怕自己背叛了那些勿忘我。

　　第七天傍晚，她终于说服自己，披上一条深紫色的披肩，去了那家咖啡馆。临窗的位子上坐着一个男人，眉毛很长，头发很密，喜欢眯缝着眼睛看人。

　　她的泪流下来："是你一直在陪着我吗?"他点点头说："勿忘我的花语是'永恒的记忆'。只要我们不忘记，只要我们的心田里永远种植着勿忘我，就不算背叛自己。"

　　出门的时候，两只手已经紧紧地牵到一起，温暖的大手里面是一只冰冷而白皙的小手。

能为你再跳一支舞吗

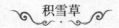

积雪草

遇到他的那年,正是她最落魄的时候。母亲生病住在医院里,需要很多钱,可是她什么都没有,除了一张漂亮的脸蛋,再就是会跳舞,除此,别无所长。有人劝她,嫁个有钱人,不就什么都有了? 不然白长了一张漂亮脸蛋,浪费资源。

她置若罔闻,在歌厅里找了一份给人伴舞的差事,每晚像那些歌手一样赶场子,多跳一场,多赚一份钱,很辛苦。等攒够了给母亲做手术的钱,就不用像这样东奔西跑的,就不用在这样红尘深深的地方浸染了。

伴舞作为一种陪衬其实是可有可无的,台上的灯光和台下的目光都是给歌手准备的。她习惯了像一棵小草一样,在舞台的边缘不受关注,然而,她依旧跳得投入而执着。

那段时间,台下的观众其实很少。唯有他,每晚必来,专心致志地盯着她看。大家都笑,说那个"粉丝"爱上她了,因为他有时会买了百合、郁金香之类,孤单的一朵,等她跳完了,把花送给她。

可惜她并没有心情和时间浪费在这样小情小调的事情上。有时候她会把花插到同伴的衣襟或口袋里,有时候会直接把花丢在垃圾桶里。夜夜来这种欢娱场所闲泡的人,想来也不会是什么正经人,所以她并没有放在心上。

　　说不上喜欢或不喜欢，但从那时开始，她每晚跳完最后一场，赶末班地铁回家的时候，总能在车上与他不期而遇。他淡淡地笑，说："你跳得很好！"她点点头，也不回言，冷漠地看着车窗外一闪而过的夜色，漠然地想着心事。有一次，因为困倦至极，她竟然在午夜的电车上睡着了，头歪在他的肩膀上，睡得很沉很安逸，到站居然并没有醒。他叫醒她，她揉着惺忪的睡眼，忘记了身在何处，转头看他。他笑了，笑容温暖而美好，她释然。

　　他陪她下车，试探地问："我送送你吧？你一个人回家，我不放心！"她失笑，心想：这个人迂腐至极，你不放心我，难道我就放心你了吗？她摇了摇头，道谢，然后一个人往家里跑，跑着跑着，站住，回身往后看。一个模糊的轮廓，依旧站在那里，向着她离去的方向。心中有一种暖，像烟尘一样，慢慢滋生、飘摇，把心中填充得满满的。

　　后来听人说，其实他跟她并不同路，每晚陪她坐地铁回家，然后再原路返回，去歌厅门口取停放在那里的车。她是单亲家庭长大的孩子，身上的铠甲坚硬无比，但在这一刻里，竟然渐渐软化——有一个人挂着你，念着你，想着你，总是美好的事情。

　　她不再像小刺猬那样，竖起身上的刺扎他，抵御他，防范他。相反，倒是生出淡淡的依赖，在台上看到他坐在台下，她的舞姿就会曼妙如花。在车上看到他温暖的眸子，心中便淡定安然。他还是每晚来看她跳舞，还是每晚坐电车回家，说是同路。她微微笑着，并不揭穿，享受着这份暗中的温暖和关爱。

　　她开始试着接受他，他送她的花，她不再丢掉或送人，而是拿回家里制成干花标本，已经有九十九朵了。他带她去吃东西，她也去了，两个人在夜摊前吃面条，吃得稀里呼噜，看着彼此不雅的吃相，指着对方，忍俊不禁地笑了。他捉住她的手问："带我去看看你的母亲吧？等她老人家好了，我们就结婚！"她羞红了脸，使劲抽出自己的手说："谁答应嫁给你了？再说，你不嫌弃我没有体面正式的工作？"他也笑了，说："我就喜欢看你跳舞，怎么看都不够。"

　　如果一直这样继续下去，能够走到一个大团圆的结局也说不定。然而，

三个月之后，他不再来看她跳舞，也不再送她回家。有人说他结婚了，在街上看到他跟太太手牵着手。她的心疼痛起来，一直痛得流出了眼泪，这样的娱乐场所认识的男人，自己居然傻到相信他，自己再好，人家也不过是拿自己解闷而已，自己居然当真。

闲暇的时候，她还是常常想起他，想起他温暖淳厚的笑容，想起他夜色中模糊挺拔的轮廓。她把那些制成标本的干花拿出来，用剪子剪成细碎的粉末，然后撒到风中……

折腾了一段时间，她渐渐把这个男人压到心底，轻易不会再把旧事翻出来。转年，母亲做了手术，病愈出院，家里又多了笑声和烟火的气味。

她还在那个歌厅伴舞，母亲说："我病好了，不再需要很多钱，我们两个人，花很少的钱就够生活，不要再去跳了，赶紧找个好人家嫁了吧！"她笑嘻嘻地回言："我喜欢跳，从小学了那么多年，花了那么多钱，我都要赚回来，一直跳到跳不动了为止。"

其实，她的内心里还是隐隐地期望他能再来看她跳舞，她想问问他："你还是不是男人？你不是说过，等母亲病愈出院，你就娶我吗？难道都是假话吗？"

可是他一次都没来，她倒是遇到旧时在一起伴舞的姐妹，她说："你幸好没有嫁给那个粉丝，他瞎了一双眼睛，你跟他在一起，怎么生活啊？有你的罪受。"

她怔住了，拉住姐妹的手使劲地摇，问她怎么回事。她说："还不是因为你？有一晚去送你回来，他不小心走进道边施工的工地，撞到一堆胡乱堆放的建筑物上，独独伤了眼睛……"

再见到他，是在一幢普通的居民住宅小区的五楼。她轻轻地推开门，他站在门边，侧着耳朵问她："你找谁？"她把手伸出来，放在他的眼前晃了晃，他并无知觉，她的眼泪就流下来了，说："我能不能再为你跳一支舞？"

他呆住了，沉默半天，点了点头。

她把碟片放进 DV 机里，音乐响起，她第一次在舞台之外为唯一一个观众跳舞。她专注、投入，舞姿灵动优美，用舞蹈语言讲述了一个爱的故事。

她忘情在舞蹈里，眼泪咸咸涩涩地流进嘴里。

最亲的路人甲

积雪草

第一次见到她那年,他是特地绕道去看她的。那年,她只有十二岁,青涩稚嫩,头发发黄,皮肤微黑,一点少女的清新俏丽都没有;整张脸上,一双大眼睛生动明亮,熠熠生辉。这双眼睛,给他留下了深刻的印象。

校长把她领进门的时候,他正在斟酌如何与女孩交流。不能以居高临下的口吻,那样可能会伤了女孩的自尊心;也不能以朋友的口吻,尽管他资助她上学已经一年多了。

其实他所有的担心都是多余的,因为不管他说什么,女孩始终都不曾开口回应,而是躲在角落里,像猫一样,目光淡然地看着他。他被她看得手足无措,把买给她的礼物匆忙交给她,便落荒而逃。出了那个光秃秃的小镇,他长舒了一口气。

回到城里以后,他陆续收到女孩的信,那些信纸都是从横格本上撕下来的劣质纸张,写满了一行行清秀的小楷,行文漂亮。想不到小丫头很内秀,满腹文才。这更坚定了他资助她上学的决心。

第二次见到她,是她来找他。那年,她十八岁,考上了他的母校。他看到她后很震惊:她不再是营养不良的丑小鸭,而像一朵白玉兰,清新秀雅,伴着淡淡的馨香。他不由得感叹,时光真是一双神奇的手。

她的性格改变了很多,主动叫他哥,亲切自然,她说:"哥,以后我不再接

受你的资助,我可以勤工俭学。"

女孩的话让他很震撼,她长大了,他不由得对她刮目相看。但他还是说:"你还在念书,不要操心经济上的事,专心学业,将来会有出息的。"

他开始喜欢上这个自尊自爱的女孩,每个月末去学校看她,给她送去生活用品和学习用品。她拒绝他金钱上的资助,他只能多买些物品给她。女孩对他产生了深深的依赖,生病的时候会叫他照顾,找工作的时候会找他参谋,想家的时候会去他那里蹭饭。他有了女朋友,她主动要求把关。可是每一次,她都噘着嘴说,那女孩不适合你。她二十五岁那年,他已经三十五岁了。她没有男朋友,他也没有合适的女朋友,两个人独立在时光里。

一个雨后的黄昏,女孩做了一个噩梦,起来之后,依然惊魂未定,惶恐无助,胡乱披了件外套,跌跌撞撞地跑去找他:"哥,你娶了我吧!好不好?"他慌忙把她往门外推:"你喝醉了?"女孩哭着跑了。他一屁股跌坐在沙发里,一夜无眠。

一年之后,女孩嫁给了一个大她三岁的男孩,男孩青春健康阳光。他很满意,他以大哥的身份亲手为她披上了美丽的婚纱,轻如羽翼的婚纱把她衬得如百合花一样美丽。她隐忍心底多时的话终于冲口而出:"哥,你为什么不喜欢我?"他摇了摇头说:"不是我不喜欢你,你用婚姻去实现报恩,实在有点不明智。"

女孩的泪顺着脸颊滚落:"我是真心爱你的,不是报恩。你怎么这么傻啊!"

他忽然觉得眼前一黑,心痛难抑,以为自己世事洞明,想不到却被自己的聪明生生地耽误了一段美丽的姻缘。他强颜欢笑:"看来你只能把哥当成路人甲!"女孩子哽咽:"那你也是我生命中最亲最亲的路人甲。"

酸酸甜甜的味道

崔 立

她最喜欢吃的,就是话梅。

她喜欢那种酸酸甜甜的味道。

家里穷,她不是想吃就能吃到的。他是她的同学,一个羞涩的男孩子。他常常站在远处静静地看她。他以为她是不知道的,但她都知道,她在想,要是能让他这么一个大男孩脸红一次,会不会很有趣?她是个调皮的女孩子。

那个阳光灿烂的午后,她偷偷看了他一眼,装作不经意地朝他走去,不期然地用肩膀碰了他的肩膀。他还没反应过来,她倒恶人先告状起来,说:"同学,你干吗撞我?"她的质问引来了好几个同学的围观,大家起哄着,说他:"你怎么能这样呢?太不像话了!"他什么都没说,脸涨得通红。她装作一脸无辜的表情,心头早已得意地乐开了花。

没有话梅吃的日子,她嘴里没有味儿。她很难受,从教室里走到了教室外,又从教室外走进了教室里。家里没钱了,她不能再问爸妈要钱去买话梅了。当她再一次从教室里走到教室外时,她就看到了他站在门口,似乎在等着她。她有些疑惑,他还在记恨那天自己故意撞他吗?他鼓足了勇气一般,从口袋里掏出了一包话梅,递给她,说:"给你。"她的第一反应是拒绝,但她不明白,自己的手却顺势接过了话梅。她说:"谢谢你。"他反而有些不好意

思,像是她把话梅给了他。

回到教室,她迫不及待地打开了那包话梅,将一颗话梅塞入口中。那种酸酸甜甜的味道,又一次让她兴奋。品尝着他给她的话梅,她在想,他怎么知道自己想吃话梅? 她忽然有些懊恼,为那天的调皮。

第二天有一节体育课,她看到他一个人,在操场边玩着双杠。她跑了过去,说:"那天推你的事儿,不好意思啊。还有,谢谢你的话梅。"他说:"没事,我知道你那是开玩笑。"她说:"你怎么知道我喜欢吃话梅呢?"他的脸,在那一刻,竟又涨得通红。她想笑,真是一个脸皮薄的男孩子。她鼓励他,她说:"你说吧,我都不怪你。"

他看了她一眼,说:"我看到你好像特别爱吃话梅,其实,我是喜欢你吃话梅时的样子,很优雅,很美丽。"优雅? 美丽? 她不由想笑,什么词汇啊。她想说他,心头,却莫名地有种暖暖的味道。

后来,她每次吃完话梅时,就总问他去要。他也总能从口袋里掏出一包话梅,带着腼腆的笑递给她。她不明白自己是怎么了,为什么想吃话梅就到他那去拿了呢? 他又不是她的谁。而他,似乎口袋里总有掏不完的话梅,每次,也都是一副心甘情愿的表情。好像这一切都是理所当然一样。

后来,他们双双考入了大学,还是同一所大学。

在大学里,他还给她话梅吃,她也都乐于接受。她从来没承诺过,要做他的女朋友。他也从没要求过,要她做他的女朋友。在大学里,不再是只有一个他给她话梅吃了,有许许多多想追求她的男孩子,都拿着话梅给她吃。而她,居然也是来者不拒,一一收入囊中。她似乎已经不再需要他一个人给她话梅了,甚至于,他给不给都已经无所谓了。她寝室的抽屉里的话梅,足够让她吃好长一段时间了。而且,还有更多的话梅,正源源不断地给她送来。

他这个人,也像是话梅一样可有可无般。转眼,他就没影了。

话梅吃多了,她忽然也有点厌了。她想到了最近一直给她打电话的那个男人。男人是很有钱的那种,男人从没给她送过话梅,男人只是带她去了一个她从没到过的豪华饭店。据说，那一顿饭，要用五位数来结算。那一顿饭，足够让她毕生难忘，那味道，真的不是话梅可以比的。在从饭店回来的那个晚上，她就把满抽屉的话梅都扔了。

男人还带她去了一个前后都有花园、喷泉的地方，男人说："若是你愿意，以后你就可以住这里了。"后来，她给那个男人拨了一个电话，她只说了一句："你来接我吧。"

住在那个叫别墅的房子里，她一开始还挺高兴的，每个月，男人都会给她一笔钱。他说："缺钱了，你随时问我要。"她又去了那家豪华饭店，狠狠地吃了一顿。她有些疑惑，居然没有了上次那般诱人的味道。

在别墅里待了一段时间，她忽然就觉得有些无聊，想出去走走，又不知道往哪儿走，她发现自己根本找不到方向。

那天一早，她如往常一般在房间里熟睡。门突然就噼里啪啦被踢开了，一个打扮得极其妖艳的中年女人，带着三个女人闯了进来。中年女人狠狠地甩了她一巴掌，骂她狐狸精。她依稀看到过女人的照片，好像是男人的老婆。眼瞅着要吃亏，她猛地推开一个女人，跑了出去。

她一脸茫然地走在大街上，她真不知道，接下去，她又该往哪儿去。

腰间的手机，很适时地响起。

是他暖暖的声音："你想吃话梅吗?"

已经有太久太久没听到他的声音了，她忽然想起了他第一次给她吃话梅的情景，猛地，眼前一阵模糊。

在幼儿园内遇见了你

崔 立

很凑巧的一次，秦汉下班后去幼儿园接女儿秦小丫。在门口，秦汉看到一个带着个男孩的女人。秦汉只是目光轻扫了一下，眼睛突然就挪不开了。

秦汉发现，这个女人很像一个人。女人也看到了秦汉在看她，从女人的眼神中，不难看出，似乎也认出了自己。秦汉走上前几步，嘴角不自觉地吐出个名字："李香莲。"而女人的口中，也叫着"秦汉"的名字。秦汉和这个叫李香莲的女人，不自觉地相视一笑。

然后，秦汉就给女人介绍自己的女儿。女人也把她的儿子作了介绍。很巧合地，再一说到班级，秦汉的女儿和女人的儿子居然是在同一个班的。

想不到世上还会有这么巧的事儿。

其实，秦汉和李香莲都是这个城市的移民，从遥远的家乡移到了这里。想不到走过了天南海北，居然还能在这里遇上，而且彼此的儿女们居然还做了同学。

那天之后，秦汉主动要求了去接女儿的任务。于是，那以后的很多次，秦汉和李香莲都有过那样的相遇。见得多了，秦汉心头就不由得浮想联翩。这李香莲，可正是秦汉的初恋情人哪。想当年，两个人是那么的情投意合，若不是双方父母因为种种原因反对，可能现在娶的女人就是她了。看李香莲现在的装束，还是风韵不减当年哪。秦汉再想想家里的老婆，就不由叹气，要才没才,要貌没貌,活生生就是只母夜叉嘛!

第二天下午,秦汉邀请李香莲,明天来接孩子时能不能早一点来。秦汉听说附近有家咖啡店不错,他想和李香莲聊聊这些年的过往。李香莲没作什么考虑,就答应了。

在那家咖啡店里,秦汉特意要了间包房。浓浓的咖啡味中,秦汉和李香莲聊起了他的这些年,困顿,沮丧,到现在很无聊的生活。秦汉眼睛亮亮地看着李香莲,说:"我很想我们还能做朋友,做那种可以是很亲密无间的朋友。"看得出来,秦汉的话,让李香莲的神情有些慌乱。李香莲在站起身时,不慎还打翻了身边的咖啡杯。

那一天临离开咖啡店时,秦汉又约了李香莲,他想明天再请她喝咖啡。李香莲想了想,拒绝了。李香莲看了秦汉一眼,说:"你多给我一点儿时间吧。"秦汉总觉得,李香莲是爱自己的,不是说,初恋是最让人难忘的吗?李香莲是秦汉的初恋。秦汉也打听过,自己同样也是李香莲的初恋啊。

可后来的许多天,秦汉都没在幼儿园见到李香莲,打她的电话,也一直没人接。不过,秦汉并没气馁,他打听到了李香莲公司的地址。

一个阳光灿烂的中午,李香莲去吃饭时,就很意外地在公司的楼下看到了秦汉。看到秦汉的第一眼,看得出来,李香莲是很意外的。李香莲几乎是脱口而出:"你怎么来了?"秦汉哈哈一笑,说:"我来请你喝咖啡啊。"

不知道是不是李香莲真的想通了。几天后,李香莲在接儿子时,居然主动邀请秦汉明天去喝咖啡,秦汉听着有点暗喜,想,这李香莲是不是想通了?

第二天,秦汉去咖啡店时,李香莲早就到了。秦汉刚坐下,李香莲就说:"你能帮我一个忙吗?"秦汉点点头,说:"你说。""是这样的,我家里最近出了点儿事,急需要一笔钱。""要多少呢?"听到钱,秦汉反而有些兴奋了,秦汉什么都缺,就不缺钱。李香莲说:"至少一百万吧。""一百万?"秦汉心头暗暗倒抽一口冷气。这个钱,似乎要得有些多了。钱,秦汉不是没有,可秦汉压根就没想在李香莲身上花那么多的钱。

当天晚上,秦汉对老婆说,他最近单位事儿比较多,可能这段时间都不

能去接女儿了。老婆没说什么,就答应了。

后来的许多天,秦汉都没再去接过女儿。

后来有一天,老婆接女儿回来时,和秦汉说:"今天有个家长的母亲,说认识你啊。"秦汉心头猛地一惊,忙问:"她还说别的什么吗?"老婆摇摇头,说:"没有,只说你是个好爸爸,把女儿照顾得很细致。"秦汉"哦"了一声,就走开了。

老婆没发现秦汉的脸,在那一刻,微微地红了一下。

如果爱他,就让他心静

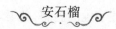

安石榴

他和她是同事。

他们相识的时候,各自都结了婚,可他还是对她一见倾心。

他是那种浑身透明的人,心和脸完全朝向阳光,所以他的心事路人皆知。她却很内向,平静得湖水似的,哦,不是"似的",就是平静的湖水。

他在公司里是个大手,当他经过千辛万苦拿下一个称心的大项目,呼啸着凯旋时,必定大喊大叫:"如意呢? 如意呢?"他要把好消息第一个告诉她。接下来庆功宴的时候,他会因了她一句很平常的祝贺之词高兴得手舞足蹈,完全地沉醉,是的,完全地沉醉。他会更加张扬自己个性中最为优秀的因子,在整个晚上出尽风头,吸足眼球,赚足面子。然后,深夜散去时,他会细心地安排人送她回家。回过头来,再约上三五铁子找一个地方继续狂饮。酒至酣处,他便无语,无语并陷入痴想。铁子们发现了,问他:"老大,怎么了?"他便陡然从梦中醒来似的,偏着头,饧着眼,发出清晰的呓语:"如意怎么那么瘦呢?"

铁子们第一次听到这句话时异常兴奋:"瘦? 多瘦啊? 这么说你到底把她拿下了?"

他会突然垂下头,无比痛苦。铁子们终于知道,没有进展,他只是细致地关心到她的一点一滴,怜惜她到心底罢了。

相似的情景反复多次之后，铁子们愤愤然抱怨："老大，你也太痴情了，这么心疼她，怎么就拿不下她呢？"

是的，拿不下。

一个狂风暴雨的加班之夜，几个一同加班的同事不约而同地给他们创造条件，加紧手中的工作，然后巧妙地，不动声色地，一个一个隐退。当她发现这个状况的时候，办公室里只有她和他了。雷电和暴雨中，节能灯营造出清冷孤寂的气氛，办公室空旷而暧昧，她已经感觉到了一种际遇的迫近。她转身亦要离去，他却一把抓住了她的胳膊，他看着她，没有说话，泪水却突然汹涌而来，是的呀，汹涌而来。他是坐在椅子里的，他其实很高大，她是站在椅子旁边的，她小巧玲珑的身材轻易地就被他拉到了他的身边。她看着他，看着他狂放不羁的泪水，张开襟怀拥抱了他。她把他的头拢在自己的肩上，轻轻地。当他试图站起来的时候，她用了力，把他安定在椅子上，断绝了他寻找她嘴唇的情爱之旅；他接着企图滑落自己的身段，她又用了力，阻止了他向柔软的欲望激情探索。女人啊，谁说她们没有力量呢？她把他牢牢地安置在她的肩上，一分钟过去了，五分钟过去了……泪水停止了，他的嗅觉得到了修缮，随后判断力重新找到归属，他闻到了她的体香，不是香水打造的各种女人的味道，是一种本色的、传统的、唤起幼年依恋的、淡淡的需要用心才能感受到的味道，像蔓延的绿色的旷野、无际的黄色的麦田、悠长的温馨的记忆……博大，温暖，包容……哦，妈妈的味道！

于是，他的心静下来，沉入安宁……

十年后，她从公司辞职去开一个画廊，这时候他已经是公司总经理，他们一直保持着纯粹的友情。他的女秘书像他当年追求她时一样，追他追到路人皆知。女秘书帮助她处理交接事务，两个女人相处整整一个上午，除了工作，没有闲话。最后，女秘书叹口气，说："如意姐，你难道不想给我一点忠告吗？"她拍了拍女秘书的肩膀温和地笑了，摇了摇头。她不是那种好为人师的女人，不过她的确有话，只是那句话深埋在她的心底，永远不会示人。

那句话是："如果爱他，就让他心静。"

赛老大

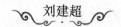

刘建超

　　老街人制鼓,数赛家鼓乐店的鼓最为有名。

　　赛家鼓乐店的鼓品种全——威风鼓、龙鼓、高音战鼓、龙凤鼓、彩绘画龙鼓、水鼓、朝鲜鼓、牡丹鼓,大中小号腰鼓,高中低档手鼓、花盆鼓、扁鼓、拨浪鼓、花铃鼓、太平鼓、象角鼓,等等;赛家乐器店的鼓音质好,尤其是红鼓、白茬鼓,在豫西一带很有名气。

　　赛家鼓乐店的鼓都是自己制作,店老板赛老大几代人都是制作鼓的高手。用优质泡桐和山地小叶杨木做鼓身,用豫西黄河南岸健壮的雄性黄牛皮做鼓面,擂出来的鼓音深沉、洪亮、劲美。相传老街钟鼓楼上的报时用鼓就出自赛家之手,风吹日晒,几十年都不变形状不改音质。

　　老街每年都有鼓乐大赛。正月十五闹花灯,老街的鼓乐大赛就开始了。来自豫西的知名鼓乐队把老街装扮得五彩缤纷,一边是锣鼓喧天,一边是唢呐悠扬,好不热闹。

　　老街赛家鼓乐队的出场,总能引起老街人的欢呼。

　　赛老大的鼓乐队有四十个汉子,头顶羊肚儿手巾,身着彩装,腰束红绸,在赛老大那面直径近两米的头鼓指挥下鼓声雷动,铙镲齐鸣。鼓声坚实浑厚,铙镲脆亮入耳,一曲《冲倒墙》,乐如其名,节奏铿锵有力、势如破竹,那气势让整条老街都颤动起来。

敢与老街赛家鼓乐队对垒的是来自相思古镇的马家凤鼓队。凤鼓队清一色的女将，领头的马花，当年在老街戏园子唱过《西厢记》，饰演崔莺莺，人送外号"小贱妃"。小贱妃不贱，因得罪了欲对自己非礼的头头儿，马花就离开了剧团，在相思古镇组建了凤鼓队，也是声震一方。

咚咚、咚咚、咚咚咚咚、咚……凤鼓队开场便是猛招"十面埋伏"。马花虽然已是银发挽髻，却依然精神抖擞，风采依旧，双手舞槌，率千军万马向赛家鼓队压来。

咚咚咚、咚咚咚、咚咚咚咚、咚咚咚……赛老大的鼓槌沉重如铅，缓慢如滚来滚去的闷雷就是炸不开。

赛老大恋上马花那年才二十五岁，刚刚接手鼓乐店的生意。第一单买卖就是为相思古镇的马家凤鼓队制作二十面大鼓。马花不要让利，只是请赛老大去相思古镇传授鼓技，帮忙把凤鼓队拉起来。赛老大自然应允，到相思古镇给姑娘们传授鼓技，就住在马花的家里。赛老大见过舞台上的马花，光彩照人。台下的马花更是面若桃花，纯朴率真，赛老大迷恋上了马花。

咚咚咚咚、咚、咚咚咚咚、咚……马花双目有神，手下的鼓槌越打越急，《将军令》汹涌而至，如在城下挑战。

赛老大手不高抬，闭上双眼，如入梦境一般。老街人都有些急了，开始呐喊。

赛老大的婚事遭到了马花父亲的反对。马花父亲是个教书先生，对生意人总有些轻视。马花是个孝顺孩子，父命难违，便嫁了镇上剧团里的小生洛成。

马花出嫁那天，赛老大带着鼓乐队敲打了一天，临别时，把一对鼓槌留给了马花。那对鼓槌是红木质的，粗如娃娃的腿，槌柄雕刻着一颗龙头，龙口含有玉珠，玉珠下系红绫绸。鼓槌打磨得油光锃亮，能映出人影。那对鼓槌可是赛老大家的祖传之宝啊。赛老大精神萎靡，回到老街后，从此不再打鼓。

咚咚咚、咚咚咚……凤鼓队的鼓声如撒完欢的野马，渐渐平稳下来，鼓点似断似连,马花眼神如怨如诉。

赛老大娶妻生子,再也没有见过马花,日子过得平稳安适。赛老大如面瓜一般瘪苶,对啥事都提不起兴趣。接着是一段非常岁月,民间的鼓乐赛事也歇息了,有鼓声也是宣传"最高指示"。

老街鼓乐赛事再兴时,赛老大已经把生意交给了儿子。儿子重新拉起了赛家鼓乐队,热闹归热闹,大赛上赛家鼓乐队从没有拿过大奖。

一日又有生意上门,定制二十面大鼓。来人竟是马花。马花看着坐在门口少气无神的赛老大,动了气。马花说,都二十多年过去了,你还是这个瘪苶样?对你说,这二十年我过得很舒坦、很幸福。过去的美好我都留在心里了,它不会影响我该过的日子。你要还是个男人,还是个能让我瞧得起的男人,就提起你的精气神。正月十五,我带着凤鼓队来和你打擂。后半辈子别让我看扁了你。

咚、咚、咚咚咚、咚、咚、咚咚咚咚……赛老大似乎被人击了一掌,骤然惊醒。一串"撼天雷"炸响,接着是"过山风",一个高亢浑厚,一个清脆有节,让人从骨头缝里往外透着舒坦。

好哇,这是龙凤斗啊。老街人为双方呐喊吆喝。

双方激越的鼓声骤停,赛老大和马花都背对着大鼓将鼓槌高高抛出一丈多高,鼓槌在空中翻了个跟头,直冲冲砸向鼓面,在鼓槌弹起的一瞬间,赛老大和马花猛一转身接住鼓槌,纵身往下一砸,所有的鼓乐共鸣,齐刷刷敲出了最后一个鼓点。

这是赛家绝技龙回首啊。

赛老大被大家围着庆贺,却找不到马花。

赛老大的儿子拿着一对红木鼓槌走来,槌柄处的红绫绸随风飘舞,如两束燃烧的火焰。

不 哭

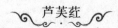

芦芙荭

他终于等来了她的电话。她说,她要来见他。

这个电话,他等了好长时间了。为了等她这个电话,他的手机二十四小时都处于开机状态。连同上厕所,他把手机都抓在手上,生怕因一时的疏忽而错过了她的电话。

他一直喜欢着她。可她却专注地爱上了另一个男人。他也明白,那个男人在这个城市有房有车,能给她优越的生活,能让她在人面前光鲜起来。可他也明白,那个男人给不了他能给她的东西。当她义无反顾地弃他而去,跟了那个男人后,他就这样一直默默地选择了守候。他像一只守着老巢的鸟一样,守着他们以往租住的简陋的房子。甚至,那只在冬天里用来取暖的蜂窝煤炉子,他也一直保持着原样,安放在那里。他想,那只鸟要是真的飞累了,找不到别的归宿了,也许会飞回来的。

事实果真如他预料的那样。

那个男人并不是真心地爱她。他只是看中了她的年轻和美貌。女人的年轻和美貌是靠不住的。就像早晨的太阳,过了那个点,就不再是早晨的太阳了。它会变成午后的阳光和夕阳。

现在,她在那个男人的眼里,已是残阳了。

残阳断月,已经风景不再了。

窗外传来了汽车的声音。

他知道，她来了。

此时，屋外已下起了大雪。雪花在他的窗前舞作了一团。

他将炉子里的火又捅了捅。然后起身开门。

和以前一样，他打开门的那一瞬间，她已站在了门外。只是没了往昔那种一惊一乍的笑声了。

她进屋，屋子里很暖和，她头发和脖子上的雪，好像害羞似的，只一瞬间，便没了踪影。

她光鲜的衣着，并没有掩饰住满脸的疲倦。他的心疼了一下。

他搬来凳子，让她坐在炉子前。凳子还是以前她坐过的那把凳子，他把它擦得很干净。他知道，她又要向他开始倾诉了。只有他知道她的苦。他把她的那些苦都一点一点地积攒着。

他想，这一次，等她哭了时，他再轻轻地将她揽进怀里，再轻轻地抚抚她的头发。

她果真开始向他倾诉。

一切都和他听说与猜测的那样。男人不再爱她了，他找到了更年轻更漂亮的女孩儿。男人要像丢掉一块抹布一样将她丢掉。男人羞辱她，打她，甚至当着她的面带着那个新人在家过夜。

她没有让他看自己身上的伤疤，但他能隐隐感觉到她身上伤疤的存在。

她虽然叙说得很干净，像是在说别人的事一样，但他还是能感觉到她内心那巨大的痛苦。

他真希望她能哭出来，把心里的委屈全都哭出来，那样她的心里会好受些，可她一直没有哭。

后来，她对他说，她想吃瓜子了。想吃他们在一起时吃的那种瓜子。

他起身将早就准备好了的瓜子端了上来。还有她爱吃的花生。

他将瓜子和花生放在烧热了的炉板上。一会儿，瓜子和花生的香味就飘了起来。

他抓起瓜子,一粒一粒地剥开,再一粒一粒地放进她的手里。

他说,吃吧。

她一粒一粒地将瓜子送进嘴里。

这时,他看见她眼里的泪一串一串地滚了下来。

他想伸过手把她揽进怀里,像以前一样,让她的头贴在他的胸膛上,再用手去抚抚她的长发,但没有。因为这时,她手里的电话突然响了起来。她低头看了看电话号码,一下子紧张了起来。

她说,她得回家了,便匆忙地握了电话向门外走去。

屋外的雪,越来越大了。随着她身影的消失,那电话铃声也一点一点地消失了。

屋外是一片白。

开 灯

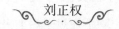

刘正权

女人是坐在轮椅上来的。

这让陈小梅或多或少有点儿吃惊,陈小梅的陶吧自开办以来,形形色色的人也见过不少,但坐轮椅进陶吧的,女人还是先例。

"都这样了,还贪恋玩一把时尚?"陈小梅心里疑惑了一下,就一下,人却迎了上去微笑开口说,"有什么需要帮忙的吗?"

轮椅上的女人没说话,眼微闭,脸色吓人的苍白。轮椅后面的女孩说话了:"我姐姐说想进来看看!"

"哦,那就看吧!"陈小梅做了个请的手势,"陶吧,是玩的地方,看,是看不出玩的乐趣来的!"

轮椅上的女人这才睁开眼睛,居然,眼若寒星呢,陈小梅怔了一下。

只一下,陈小梅就把眼睛转到一个人的身上,陶艺师李雄身上。昨天,李雄轻轻搂了她的腰说,小梅你知道不,你的眼若寒星呢!

当时陈小梅差一点儿就软在他怀里了。

是的,陈小梅的眼一向是寒星般的,隐隐透出一股冷,她和老公正冷战呢。

李雄正专心致志在拉坯机上制一个尖底的陶罐。陈小梅不懂,陶罐怎么可以是尖底的呢!

李雄说那陶罐是用来储藏爱情的,爱情哪能平实呢? 爱情如果有形状,

那就应该是尖锐的,这样才足以刺到对方心里,触及彼此的疼痛,所以,很多时候,爱情是疼痛的。

也只有疼痛,人们才会记得爱的存在!李雄搞得自己像个爱情专家似的一番高谈阔论。

想远了不是?陈小梅收回目光,叹口气,转过眼去看轮椅上的女人,女人一直没说话,任她的妹妹推着轮椅滑过柜上一排排烧好的陶制品上。

末了,陈小梅看见女人摇了摇头,似乎陶吧里没她中意的东西。

你喜欢什么样的陶艺品?陈小梅想了想上去这么问了一句。

轮椅上的女人似乎想抬一下手,却没成功。女人就张开嘴,轻轻吐出几个字来:"我想烧制一盏陶灯。"

"陶灯?"陈小梅怔了一下。

轮椅上的女人点点头,嘴角向后撇了一下。女人的妹妹就接上口了:"是这样的,我姐姐想烧制一个开灯的女人。"

"开灯的女人?"陈小梅还是有点犯糊涂。

"就是这样的!"女人的妹妹比画着,"这个女人的陶像连在一盏感应灯上,开门声一响,那灯就能自己亮起来。"

"你姐姐?……"陈小梅拿眼望向女孩。

女孩揉一下眼睛:"我姐姐全身瘫痪了,连抬手都成了最大的奢望。"

"会好起来的!"陈小梅安慰说。

"我自己就是医生!"轮椅上的女人忽然说话了,"我只想赶在我呼吸停止前,能看到这盏灯!"

陈小梅这才发现,女人的声音细若游丝。

"后天来拿吧!"陈小梅眼里一酸。

女人惨白的脸上出现一丝红晕,跟着眼睛里的寒星闪了几闪,陈小梅懂了她的意思。

她是说谢谢呢,可怜的女人,连说话的力气都没有了!

陈小梅心里没来由地一阵心酸。

李雄的爱情储藏工程被迫停了下来，陈小梅问他："一天时间，烧制出一个开灯的女人，应该不难吧？"

"难是不难，但熬夜在所难免！"李雄的要求也不过分，陈小梅必须给他打下手。

李雄喜欢陈小梅有些日子了，只是一直没任何进展，正好可以借工作加深感情。

说加深，其实也只加深了两人之间的默契。李雄是个对艺术要求很苛刻的人，一旦进入状态就无暇他顾了。

那个开灯的女人他制作得惟妙惟肖，这一点李雄绝对自信，他有过目不忘的本领。

第三天，来取陶灯的却是女人的妹妹。

那女孩一看见陈小梅陶吧里的姐姐陶像，泪就唰一下汹涌而出了。

陈小梅迟疑了一下，问她："你姐姐，还好吧！"

"好不了啦！"女孩擦一把泪，付了钱，去取那件陶品。

陈小梅上前一步，忍不住心头的好奇说："你姐姐为什么要做这样一件陶灯呢？"

"我姐夫，是一个的士司机，每天跑车很晚才能回家，姐姐瘫痪后，早先还能为他开一开灯，现在，姐姐的手失去了知觉，她就只好想出这么一个办法来！""可你姐夫，回家，是可以自己开灯的啊！"陈小梅沉思了一下，这么补上一句。"可姐姐说了，姐夫自己开灯也不是不行，可那样一来，姐夫就没了回家的感觉啊！"

回家的感觉就是给男人开一盏灯吗？女孩走后，陈小梅陷入了沉思。

那一天，陈小梅破天荒地没有在陶吧值夜班，七点不到，她就打烊关了陶吧的门。

结婚这么多年了，她一直只关心自己的生意，从没为男人做过一次晚饭，更别说为男人开过一次灯了。

倒是前几天晚上，她差一点儿为李雄误开了一盏灯。

蓄谋已久

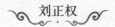
刘正权

赵小青起先只打算闹一闹的!并没有想过要离婚,自己男人跟别的女人都在大街上搂搂抱抱了,闹一闹有什么不行呢?只要闹得男人收回心,日子也照样能过下去。没承想,这一闹吧,不可收拾了!

她开始有点后悔咋就听了许如云的话。

当时,许如云的话明明是别有用心的,但自己咋就听那么顺耳了呢?

要不是许如云,她赵小青的婚姻绝不会改变方向。若干年后,赵小青一个人在酒吧里点燃一根烟时,这么思量着,会不会许如云蓄谋已久想拆散他们夫妻?

要不,她会对自己的事那么义愤填膺?

是的,许如云是义愤填膺的!赵小青现在回过头来,想一想,就觉得这义愤填膺有点师出无名,一个闺中密友而已,应该旁观者清,像古人说的,婚姻说好不说散才是诤友典范。怎么一开口就是"这样的男人,换我早就离了,即便不离,老娘也找他几个男人睡睡,报复他一回"。赵小青很可能就是因为对这句话产生了曲解,才稀里糊涂把弦给绷断了,要不,他们纵然会吵会闹会磕磕绊绊,但日子绝对不会过不下去。

因为以赵小青的个性,是绝对不会对男人有非分之想的。换而言之,如果没有许如云这句话诱导,她也不会给任何男人以可乘之机。

仅仅是一句话，许如云也成就不了赵小青不可收拾的婚姻，关键是在这句话之后，许如云一把拽着赵小青去了小城的酒吧。

一直以来，赵小青认为，所谓酒吧，只是打着一个巧妙的幌子为男男女女提供苟合场所的地方，一个正经人家的女人，对这种地方，是不齿的！

比如眼下，赵小青就非常不齿自己，咋就头脑发昏不经思索跟许如云去了那地方呢？难道真如许如云所说，她的身体在被怒火中烧时需要好好滋润一下？

滋润，瞧瞧，再好的词在许如云的嘴里总能引出另外一种意义来，让人不齿的意义！

许如云是这么说的："去喝杯酒吧，你现在的身体，急需得到一份滋润！生理上心理上都需要的一份滋润，懂吗？一个快三十岁的女人，没有男人的滋润，是对自身的一种伤害，是对自身极端的不负责任！"

赵小青就紧绷着身体跟在许如云身后去了。

一去，果然就负上了责任。

那天喝酒的不光是许如云和她，还有许如云的一个堂弟。

堂弟是跟未婚妻斗了嘴出来的，未婚妻嫌他连房子都挣不上一间，寄未婚妻篱下的堂弟有点被扫地出门的味道。赵小青倒是有房子，可赵小青潜意识认为自己鹊巢已被鸠占。

所以，两人就有点同病相怜；所以，两人就有点相见恨晚！

这一恨吧，居然真的就喝得很晚了，晚到了第二天凌晨。

据说，凌晨时是一个人意志最模糊的时候，也是意志最不坚决的时候。

要不，许如云的堂弟跟她们一起回到许如云的出租屋时，面对唯一的一张床，赵小青咋就没清清白白坚坚决决要求出去开房睡呢？

要知道，赵小青包里是装了钱的，开总统套间睡都没问题，而且，许如云出租屋对面就有一家三星级酒店。

三个人对那张床只犹豫了一下，就二话没说躺下了，许如云睡中间，她堂弟和赵小青一人在一侧。赵小青心里这么宽慰自己的，就当回到小时候

了,小时候,姐姐弟弟经常同睡一张床的。

这么宽慰着,赵小青就合上了眼睛,跟男人闹已让她筋疲力尽,再加上酒精一催眠,赵小青就没肝没肺地睡着了,在许如云这对姐弟的身边!

赵小青是在朦胧中醒过来的,醒过来是因为她有一瞬间呼吸极不畅快。

极不畅快是因为她的嘴被另一张嘴给堵上了,身体被另一个人的身体压住了。

不用说,是许如云的堂弟!

赵小青开始作无声的反抗!

然而,反抗无效,酒精让她的反抗看起来更像挑逗。

许如云的堂弟就那么得手了!

赵小青奇怪的是,在许如云弟弟得手的那一刻,她的身体忽然松弛下来,有一种无与伦比的放松,酣畅淋漓的那种放松。

莫非,这就是许如云嘴里所谓的滋润?

得到滋润的赵小青却没能成功地走进许如云堂弟的婚姻。

她落了单!

落了单的赵小青气冲冲去找许如云,她始终觉得这件事情的始作俑者非许如云莫属。

许如云没推卸责任的打算,许如云只是轻描淡写告诉她一个事实:"你当时如果不是渴望得到一场蓄谋已久的滋润,完全可以向我求援的!"

"我渴望,蓄谋已久的滋润?"赵小青抿下一口酒,义愤填膺起来,是渴望了已久,还是蓄谋了已久?

两个问题的字眼被酒精一滋润,一个个都不负责任地放大起来。

一枚扣子的质量

程宪涛

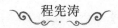

为了衣服上的一枚扣子，她笑话了他一辈子。

她跟过很多男人。充当第三者，追求姐弟恋，想嫁给有钱人，等等。一次次曲曲折折，一场场生离死别，弄得满身伤痕。三十岁那年，她终于稳定下来，想寻找一个老实男人嫁了，平平静静地过日子。于是认识了做钳工的他。

"我是个坏女人，你看上我哪儿了？"初次见面她开诚布公，他显得手足无措。与她来谈婚论嫁，他顶着很大压力。

"家里人不同意，但是我愿意。"他毫不隐瞒地回答。

"你看中了我的容貌！"她说。

"嗯！"他给予肯定的答复，这样的夸奖很实惠，胜过以往的甜言蜜语，那一刻她竟然感动了。

"明天跟我去见我的家人！"她说。

他身心洒进阳光一般，说："我今晚儿去买一套衣服。"

他现在穿的是工作服，到处是油渍的斑点。这是临时性见面。她突然心血来潮，站在他的厂门前，拨打了一个电话。他从工作间走出来，朴实的样子站在面前。

她说："我明天在家等你。"

他出现在她家人面前时,她差一点把肠子悔青了。他穿着崭新的深色西装,就像被绳索套住一样拘谨,最不可原谅的事实是,他紧紧系着衬衫的所有扣子。整个人被扣子锁住似的,老老实实规规矩矩,凸显出他的土里土气。因为扣子问题,她与家人意见产生分歧。家里人认为,这样的男人才可靠。并且威胁说,如果不同意他,以后不要往家带朋友。最终家人占了上风。

"如果不扎领带的话,这枚扣子不用系上!"她指导他。

"扣子是用来系的,要不为啥钉一颗扣子? 一颗扣子值两块钱呢。"他固执地辩解。

她解开他下颌处的扣子,那枚扣子箍得他呼吸困难,脖上的静脉微微凸现。

但是在她转身的工夫,他又把那枚扣子系上了。只要有扣子一定要系,这是对别人的尊重呢。她叹息,只好随他去了。

婚后她很少带他出去,无论是见同学还是朋友,每次他都要换上新衣服,就像去做新郎官。"你不能随意一点儿吗?"她建议。"咱这是出门见人啊!"他回绝道。他尤其钟情见她家人时那套衣服,他说那套衣服带给他好运。每次他都要系上下颌处的扣子。某次,她用剪刀剪掉了那枚扣子,他因此而没有成行。以后她再不带他出去了。对此他毫不在意,似乎是一种解脱。他更乐于包揽家务,尽心竭力地等着她。

这一年,她的母亲忽然病逝了。最疼爱她的人走了。她慌忙地给他打了电话,自己先匆匆赶回家里。冰凉的母亲躺在棺材里,走完七十岁人生旅途。亲友们有的在玩牌,有的在一旁说笑话,有的在议论遗产分配。似乎走的人与之无关。

他前后脚走进院落。他穿着一身新衣服,颈下的风纪扣紧紧系着,箍得脸色微微涨红。他见到母亲的遗体,扑通一下子跪下来,给老人规规矩矩磕头,然后沉默地肃立一旁,累了的时候,直着腰板坐在灵前。夜晚,喧闹了一天的人睡去,他依然直着身板守灵。她伏在床头睡了一会儿,醒来时天色已经蒙蒙亮,他依然在木凳上直着身子。她的眼睛忽然湿润模糊了,这些泪水不仅仅是为母亲。在西装革履和休闲装中,她看到了令人肃然起敬的东西。

他尽心尽力地把母亲送走了。

回到家里,她说:"答应我一件事,等我死了,你要穿着我俩初次见面的西装看我,我要你把扣子扣得紧紧的,就像初次登我家门时一样。"

牵　缘

陈　敏

　　爱上他是因为他的诗。由于爱上了他的诗,她主动去叩爱情的大门。那时,他正在花园里侍弄着他的爱狗。

　　自从妻子净身出户后,与他朝夕相伴的唯有这只狗。它叫虎子,今年八岁。

　　虎子每天下午都能享受得到诗人半小时的按摩,地点在楼下的花园里,那里有喷泉瀑布、水竹、花草,还有供人休息的红松木长凳。他先是让虎子躺在长凳上,给它梳理雪白的毛发,再从头到脚做全方位按摩。

　　发现女人到来的是虎子。沉浸在按摩快乐中的虎子突然有了惊觉,从他的忙碌的手中滑出来,拼命给女人摇尾巴,嗅她长裙下面的高跟儿靴。当她蹲下来抚摸它的时候,它竟纵身一跃,钻进了她的怀里。

　　以前,和他见过面的女人不少,有二十多个吧,但都没能过虎子那一关,均以虎子的排斥而不了了之。这一次不一样,虎子爱上的女人一准不会错。他忍不住回头看她。目光在空中对接的瞬间,他听到一个甜美的声音。那甜美的声音问:"这狗叫什么名字? 几岁了?"他冷冷地答:"狗的名字和年龄都是秘密,怎能随便告诉人!"她就咯咯一笑,说:"我家也有一只狗,跟你的这只一模一样,叫毛毛,今年八岁。"他听后,感到有一种东西"扑腾"一声掉进了他的心海。

不久,他们又见面了。她不仅带来了她的毛毛,还带来了他的诗集《千帆已过》。见面地点依然是他楼下的花园。

虎子和毛毛除了性别差异外,身材和相貌如出一辙。它们俩一见钟情,在花园虎子公然向毛毛示爱,毛毛温柔地接受了虎子的求爱。她和他则优雅地谈着诗。她大段大段地背诵他的诗句,动情处竟然泪如雨下。他从口袋里掏出纸巾给她擦泪,直到她的脸慢慢变得生动,露出笑意。

不久,他们恋爱了!

他给她说:"因为你爱我的诗,所以我决定重新做一次人了!"她吃惊:"难道你以前不是人?"他说:"差不多吧。"以前,他不醉不归、说话粗鲁、好色又好赌;一个老男人,一旦打起架来能豁出命去拼;饭馆吃饭,他总能在饭菜里挑出毛病来,向老板索赔;他说话声音怪异且大,有人说他的笑声很恐怖,也有人文雅地描述说那笑声就像一百个公鸭子和一百个母鸭子在打架。他身上的毛病多半是单身时间过长而养出来的。没有女人管束,他每天必睡到十点后才起床;遇到节假日,则要睡到下午四点。他用这种方法节省饮食次数,他周末时往往一天只吃一顿饭……

他把自己的缺点说给女人,原本是想吓走她,而她却微笑地说了一句名言:"改变男人不由女人决定,那得靠上天。女人的工作是让男人幸福。"他就呆呆地望着她,不吱声。

女人在恋爱中,对男人可谓是极尽耐心。

他晚上睡觉从不洗脚。她就为他代劳,且洗得细致入微。温水里加醋和盐,再臭的脚都能泡得香喷喷的。

爱一个男人就得从脚开始。每晚给他洗脚,成了她初入爱情课堂的晚课。早上,他赖床不起时,她就在他的枕边放一个香柚或一个木瓜或者一个菠萝。那些炮弹一样的水果散发出来的香气,丝丝侵入他的鼻孔里,让他有点不好意思赖在被窝里。她就在他的耳边,柔声嗲气地说:"宝贝,生活多么美啊,外面的空气多么新鲜,如同这个香柚。人是有足够的时间睡觉的!再过几十年,我们都永远睡去,再也醒不来了!"那声音具有勾魂的功效,让他

的脸微微泛红。

男人的坏毛病被女人柔和的香风吹得一点点不见了，取而代之的是他一百八十度大转弯。他几乎改掉了所有的坏习气。他不再说脏话，说话低声细语的，让熟悉他的人一时都不习惯。他的言行、发式和衣着都像个绅士。

爱情如果真的遇见了爱情，会是一种福分的碰撞。它真的能改变一个人。

他全身的每一个器官都开始发挥双倍的效能。沐浴在爱中，他诗思泉涌，每天至少收获三首诗。多数诗是献给她的情诗。他写她的长发，写她性感的嘴巴、高耸的乳房。他说仅凭她极具魅力的外表，他就能写一辈子。

在他们同居两年零四个月的时候，她终于盼来了她想要的正果——他隆重地娶了她。

新婚大礼上，亲朋好友非得逼他讲爱情故事。他腼腆一笑，说："那就问问我们家的另一成员——虎子吧，我坚信在判断女人的好坏上，一只狗往往比男人的眼光更具独到之处。事实证明确实如此。"

身裹红喜巾的虎子在人群中"汪汪"地应了两声，以示赞同。

婚礼上一片欢声雷动。

爱的最后时刻

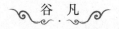

谷 凡

她个子不高,说话声音非常好听,爱笑,笑的时候唇形很好看。她第一次见他,是在医院里,他躺在床上,受了重伤。她觉得他像一个叔叔,或者像一个其他的亲人。她对他不讨厌,但也不喜欢。那次去医院看望他,是陪司令一块去的,看完后,她什么也没有想,这事情就这么安静地从她的生活里过去了。

两天后,她几乎忘了这个世界上还有他的存在,而他却托人带给她一件礼物。这对于她来说,是一件非常重大的事情,她没有接受礼物,甚至没有打开纸包看看礼物是什么,就退还给了来人,因为她知道礼物的含义。

一周后,司令以领导的名义把她请到家里吃饭。她隐约感觉到这事和他有关,果然不出所料,司令很郑重地给她谈了他的事情。司令说:"他是一位老革命,从小父母双亡,大半辈子的时光都献给了革命工作,这样的同志,难道你忍心拒绝?"没有等她回答,司令大手一挥:"下礼拜天你们结婚,就这么定了。"

她呆呆地看着司令,饭一口也没有吃,脑子里一片空白。她不知该用什么样的词语来和司令对话,搜肠刮肚,依然找不出一句可说的话。她就那样坐着,一直到司令派人送她回去。

远方枪声并没有停息,还会有很多的人受伤,甚至死亡。她去过战场,

只是侥幸没有受伤。她看到过像他那样身经百战的人物,可这样的人物和她又有什么干系?她哭了,整整两天两夜她都在哭,她不知道战争什么时候能够结束,但她知道,司令近乎命令似的话语是有分量的。很快,她的父母来到她的身边,在父母的劝说下,她和他结婚了。那年,她18岁。

她就这样听从组织安排了。事实上她是有恋人的,她的恋人在整个事件中都显得那么渺小,小到她几乎用眼睛看不到。正是这种看不到的东西,婚后一直折磨她。每次做梦,她梦到的总是那个人,那个她必须遗忘、半点不能留在生活中的人。

日子就这么枝枝叶叶过去了,秋收冬藏,寒来暑往,她生了一个孩子,又生了一个孩子。她渐渐地习惯了他,踏踏实实和他过起了日子,但那个有关恋人的梦,一直缠绕着她。梦醒时分,依然有君已老我未衰的伤怀。有孩子的日子是快乐的,她把所有的心思都放在了孩子身上,三百六十五天,天天心里想的是孩子、他、家。

"战争终于结束了,再没有大批的人流血牺牲,不上战场的日子真好!"那天,他指着落日,看着两个玩闹的孩子,对她说。夕阳的余晖洒了一地,偶尔有风吹树叶的沙沙声。这就是生活吧,她想。她梦中的那个人几乎消失不见了。

一切就这么平平静静过去了。生活有时就是这样,不该发生的发生,不该开始的开始,不该结束的结束。

三十年后,她的孩子已经成人,他也先她一步离开了这个世界。她病了,重病,住在医院里。她的头发全部脱落,样子很难看,就在这样的时刻,她居然见到了以前梦中经常出现的那个人。他也生病了,和她是同一种病,住在同一家医院。

事情居然这么巧,老天真是会捉弄人哪!当初要是没有去医院看望那个身经百战的人,她和他应该是能走到一起的。现在,看着他的妻子为他跑前跑后,煮汤调粥,她心生了一种羡慕,当然,也有忌妒。他的妻子倒很大方,知道他们过去是恋人,没有一点尴尬之情,反而买了一沓明信片,让他们两个相互写下鼓励的话,让他们一定要战胜病魔,为了孩子,坚强,再坚强。

几个月后,她坚强了,而他却走了。临终的时候,他托妻子转给她一封信。信是十几年前她已故的丈夫写给他的。她一直以为,她和他的事情丈夫是不知情的。没想到,丈夫早知道了。

信的内容是这样的:"××同志:知道你们相恋是我结婚以后的事情,这些年来,委屈她了。从她和我结婚后,我一直颠沛流离,没让她过上一天清闲的日子。我来日不多,请你有时间多给她写写信,劝她再找一位靠得住的男人,好好过完下半生。拜托!"

看完信,她泪眼婆娑。她一直以为她的婚姻里没有爱情,这爱情,原来是被她忽略了。看着挂在墙上他的遗像,她笑了,非常非常彻底地笑了。

关于爱情的五个片段

谷 凡

　　十八岁,她对要好的朋友宣布,今生只恋一个人,如果不能和那个人相守,宁肯一生孤独。她和她的朋友都相信,这是真的,因为他们都不曾经历过爱情,不知道恋一个人都需要些什么。那个年龄像一幅图画,所有的色彩都由青春来组成,真实得令人感动,不管是男孩还是女孩,都是图画中的风景。

　　二十岁,她遇到那个让她心动的男孩,他高大帅气,潇洒的外表满足了她对一个男孩的所有幻想。男孩不知从哪里看到一段小文,用纸条传给她:把一块泥,捻一个你,塑一个我;将咱们两个一齐打碎,用水调和,再捻一个你,再塑一个我。从此,我泥中有你,你泥中有我!她看后喜欢得不行,在她的心里,全世界都隐藏了,只有那个男孩和她。

　　她被男孩爱着,色彩斑斓的日子眨眼而过,童话里的王子和公主还没有机会来过幸福的生活,就遭遇到了巫婆诅咒,只一口气,把他们的爱情吹得无影无踪。

　　二十二岁,她又遇到了第二个她喜欢的男孩,没有任何预兆,就那么简单地相遇了。当时她是在去往北京的火车上,她是左上铺,他是右上铺。用不着过多交流,从那个男孩的眼神中,可以感觉到他对她的喜欢。他们相互留了联系方式,约好她办完事后和他联系。上铺休息的时候,男孩帮她把快掉的被子拉了拉。就这么近的距离,中间只隔着一小块空气,她能感觉到,在她躺着的时候,男孩一直在看她。她想起少时奶奶教她的歌谣:"小妞小妞快快长,长大了好嫁官长。穿皮鞋咔咔响,在家里花衣裳,要出门披大氅;要睡觉三道岗,绸缎被窝两人躺。"男孩告诉她,他在某军医大学读书,那时,她对军人一种莫名的好感。

爱情就是这样,不管是什么时候,只要它出现,都是新的。那时她做着有关北京的梦,她的幸福可以用秤称,每天都有好几斤。男孩有一点变化都会告诉她,他们爱得实实在在,没有机会回头看一看万家灯火的内容,两年时间就匆匆而过。

二十四岁,在一次外出游玩时,她遇到了第三个让她回眸的男人。他留着一头微长的头发,有点像个诗人。忧郁的眼神,让她有那么一点心动!她动了心思,和另一个女孩一起,邀请他为她们拍一张照片,她想用照相来打开他们之间的陌生。分手的时候,他问她要了联系方式,说是要送照片。

一周后,她接到了他的电话,说是很遗憾,那张照片居然没有拍上,不过,他拍了一些其他作品,想请她欣赏。就这样,他们开始交往,不知不觉,她发现自己除了不得不做的事情以外,剩余的时间都是用来等他的电话。她的心灵感应让她有点害怕,只要她连着打两个喷嚏,两个小时内,他的电话就会过来。只要她的眼皮不停地跳动,他一定有礼物送给她。

和他在一起,空气都是香的,她陶醉了,而且醉得不省人事。她知道,爱她的人赐予她的是礼物,而她爱的人赐予她的肯定是伤口。即使如此,她还是毫不犹豫地选择了后者,因为只有伤口,与她发生的才是真正的血肉意义上的联系。

她卑微地爱着,头破血流依然不止。那个男人打乱了她的所有生活,她为此丢盔卸甲,而他却全然不知。她没有怨言,甚至只字未提。

二十八岁,她遇到了他,这是一次普通的聚会,偏巧他们挨着坐。她看他的时候,发现他也在看她,相视一笑,所有的语言都是多余的。这个男人有一双充满睿智的眼睛,有柔有刚。她能想象得出,在这样的眼神里,不知

多少个女人在此香消玉殒,化成了空气。

分手了,并没有太多的故事发生,因为不在同一个城市生活,那萌生的感觉被压在了身体的角落里。她和他之间的距离,相隔多少座山多少条河多少个村庄,谁也说不清楚。但是,有些东西,就是天上人间,也无法阻断。两年后,她突然收到他的短信,说因事,要到她的城市驻足片刻,希望能见到她。她自然是很开心。

见他那天,仍旧避免不了围着桌子喝酒吃肉,因为有人宴请他,作为朋友,她陪在左右。他看她的眼神,带着那样的深情厚谊,极大地满足了她的虚荣心。虽然她有点不太适合开怀畅饮的场面,对于她憨笨得体的胡闹,他是那样的一往情深。

在她的心里,对于男人一直藏有一个情结,这个情结促使她毫不犹豫走向他。也是在很久很久以前,她就想,当她一个人,在一个陌生的城市陌生的街道,遇到一个同样陌生的人,那人看到她后,拉着她的手说:"走,跟我回家。"当然,这个人不能让她有陌生感,就算是第一次相遇,也是经过了几个前世今生。她没有告诉他,第一次见他时,她就是这种感觉。当他说"走,到我住的酒店去",她没有一点力量拒绝。

她的心情又一次被爱情撞飞,飞得七零八落,没有了方向。那种甜蜜说刻骨铭心也不为过,和他拥吻的感觉,让她知道了,原来男人的味道是这样的。她想起那句:一夜就郎宿,通宵语不息,黄檗万里路,道苦真无极。

在别人的眼里,她的爱情遭受了兵荒马乱,只有她知道,爱到深处那种感觉。

对联姻缘

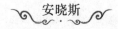
安晓斯

农历八月十八那天,城南街上赵钱两家门对门开起了两家饭店。

俗话说,同行是冤家。自从开业以后,他们两家和和睦睦、友好相处的气氛没有了。

赵家办的是"山西刀削面馆",钱家开的是"兰州拉面馆"。口味不同、各有所好的路人不时光顾两家饭店,他们的生意都一样兴隆。可人生来就不是爱满足的动物,总是这山望着那山高,总嫌自己赚的钱少。

这天一大早,赵家的老板赵胜宝便呼儿唤女,拖凳拉椅,在饭店门前,贴了副对联。上联是:吃一餐十年志斯馆;下联是:饮三盅九日思此味;横批是:流连忘返。对联是请当地的书法名家墨海狂人编撰书写的,笔墨圆润,外柔内刚,一看那字,就像吃了两碗正宗刀削面,韵味儿十足。

霎时,赵家的饭馆前挤满了看热闹的人。有的过路人干脆坐下来,要了碗热气腾腾喷香扑鼻的刀削面,再配上二两白酒,细酌慢吃。有的说,这对联意思好,字也写得绝,就像赵老板那手削面的绝技一样,令人叹为观止。

对门的钱家哪里是等闲之辈,没出半日,钱家的老板钱进财也呼朋唤友、携妻带子一起聚在饭馆前,手里也提着副鲜红的对联。在人们的一片喝彩声中,钱家的对联也贴上了。上联是:酒香引来洞中仙;下联是:味美招进云外客;横批是:哈哈聚聚。众人看罢,掌声不断,正在对面吃刀削面的也都

放下饭碗跑来观看。有几位读书人站在对联前,摇头晃脑,品字玩意,连声叫绝,其乐陶陶。

自此,赵钱两家不断更换对联,两家也变得如同仇人一般,大有老死不相往来之意。光阴似箭,日月穿梭,转眼半年过去了,两家的生意都兴隆,两家的日子都好过,可就是一条,刮大风卖门神——各人招呼各人摊儿,想叫我先和你说句话,那叫石狮屁股——没门儿。

这一天,赵家的女儿赵芳对她爹说:"咱家饭店前贴的对联太没诗意,再换副吧。"赵芳打小就跟祖父读书,爱吟诗诵词,肚里也有几瓶墨水。赵胜宝听了,点点头说:"好,就再写一副吧。"

第二天,赵家又换上了一副新对联。上联是:醉吟四诗风雅颂;下联是:园纳三光日月星;横批是:沁芳。赵胜宝仔细品品,有味儿。想想自己的闺女能写出这样的对联,还真行。于是赵胜宝笑吟吟地对女儿说:"芳儿,再写几副预备着,赛不过对面钱家,咱赵字倒着写。"赵芳一听,扑哧一声笑了,说:"爹,你老是赛过人家赛过人家,图啥哩?"

赵家贴出对联只一会儿,钱家便知道了。钱进财唤来儿子,说:"赵家的对联换成文诌诌的了,听说还是赵芳写的,你也写一副雅致点儿的。"儿子钱程听了笑笑说:"算了,你拉你的面,换对联干啥?"钱进财脸一横:"叫你写你就写,不信你写不过对门的赵芳,你读的书比她少还是咋的? 写,多写几副,比试比试。"

钱程无奈,只好挖空心思写了一副。上联是:馆虽陋固存李杜遗风;下联是:室既雅往来绝无白丁;横批是:吟诵品听。这副对联刚贴上便招来一帮人品评,都说这两家做的饭好吃,写的对联也同样精彩漂亮。

围观的人们说来说去,就说到了写这些对联的钱程和赵芳,都说这俩孩子有才气,小小年纪就写出这般好对联,真是了不起。

转眼到了一年一度的龙山庙会。庙会上,人山人海,十分热闹。钱程在山神庙后的仙女河畔碰见了赵芳。他们早已相互倾慕对方的才貌,暗地里也约会过几次,只是相互隐瞒着不让他们的爹娘知道。

钱程对赵芳说:"芳,咱俩就一直这样躲藏着?"

"那你说咋办?"

"咱大胆些,公开吧。"赵芳听了,眼圈儿有些发红,低下头说:"咱们俩虽然有情有义,可咱两家却无情无义,冤家一般。"

"怕啥,咱两家又没吵没打,不愁和气不了。"钱程一笑说,"同行是冤家,这是老话。凭咱俩的本事,得叫这冤家变亲家。有朝一日,再滴滴答答。你信不?"

钱程的话未说完,赵芳便羞红了脸。

没多久,人们都争相转告,赵钱两家和好了,饭馆冤家变成了儿女亲家。有人不相信,就特意跑到饭馆前观察详情,果然见两家又都换了新对联。

赵家的上联是:和和气气做生意你来我往;下联是:平平安安过日子皆大欢喜;横批是:和气生财。

钱家的上联是:生意兴隆何必同行冤家;下联是:财源茂盛不妨互通有无;横批是:称心如意。

一时间,前来饭馆观看的人们大声叫好。从此,赵钱两家的生意更加兴隆红火了。

丑男才是宝

曹世忠

没有结婚夸女婿，结婚之后夸孩子。

但凡女人大都如此。

孙芬兰有二十一二岁，细高个儿，上身穿白色衬衣，下身配一条红色的连衣裙，步履轻盈，飘然若仙。脸蛋虽不白嫩，但眼珠子却黑亮黑亮的，似一湖荡漾着的晶莹碧波。那天她走进阿俊家的时候，那些小伙子的眼睛都发绿了。

这闺女就是酷，阿俊可是抓住了。

呵呵，有好汉没好妻，赖汉娶个娇滴滴。

说归说，孙芬兰还是和阿俊步入了婚姻的殿堂，之后便有了一个男孩。有苗不愁长。还不到一岁，孩子就开始在门口歪歪斜斜地学走路。对门的一个奶奶看见了，说："这孩子咋长得跟豆芽一样，也真是，偏偏谁丑就仿谁。仿他妈有多好，排排场场的……"

说者无意，听者有心。这话被回家的孙芬兰听了个正着，像吃饭时碗里掉进了一个虫子，心里要多别扭就有多别扭！平时还不太在意，这阵儿她咋看咋觉得阿俊个儿小脸小手小眼睛小，厚嘴唇向下耷拉着，像砍刀在猪胯上砍了一刀似的。不就是那次在公共汽车上她被小混混骚扰，阿俊拼死和他们搏斗被打伤了头吗？感恩是一回事，婚姻又是一回事，没想到自己把二者混为一谈,鬼迷心窍,竟然非他不嫁。当初,别人给自己介绍了好多,论长相,论才华,都比阿俊好得多。左挑右拣,最后挑个豁子碗。

现在生米做成了熟饭,后悔也晚了。

回到家,孙芬兰把门"砰"一下子关上,把玻璃震得哗哗响。去时还笑嘎嘎的,咋回来就土地爷歪戴帽子了?或许出去跑了一天,感冒了。婆婆战战兢兢的,想问又怕讨没趣。天黑的时候,她连忙做了一碗酸汤面叶,姜丝切得细细的,面条擀得薄薄的;还打了一个荷包蛋,香喷喷的……

"你不自在,咱娘做好了,让我给端过来。"阿俊把做好的酸汤面叶放在桌子上说。

专门瞅谁的毛病,就像磨坊寻驴蹄印儿,一寻就有。"是恁娘叫端的,你就没长个心肝眼?我不喝,你该让谁喝就让谁喝吧!"孙芬兰憋着一肚子气,说出的话就像生铁块那样生硬。阿俊再一次把碗递上时,被她猛一下劈手打在地上,碗碎成了八瓣,面条洒了一大片,冒着腾腾的热气……

短信铃声响了。阿俊见到孙芬兰的手机在桌子上放着,打开一看,见上面写着:"睡了没有?我有些寂寞,睡不着,好想吻你!回话。"翻下去,这样的短信有几十条,内容一条比一条煽情,甚至都到了内裤的层次。

"是咋回事?你说!"阿俊一脸怒色,气呼呼地质问面前的女人。

"你管得着吗?我想咋就咋!"见自己的秘密暴露了,孙芬兰索性就破罐子破摔。

别的都可以迁就,唯独给自己戴绿帽子让人难以忍受。想起好几次孙芬兰夜不归宿,阿俊按捺不住心头的火气,一巴掌打过去,女人的脸上马上出现了五个指头印,紫紫的颜色。

孙芬兰也恼了,干脆借机会摊牌:"我早就和人家有瓜秧了。嫌我不好,咱离婚,谁不去,是老草驴生的!"

阿俊说:"离就离,谁怕谁!"

"前几天,俩人还亲掉鼻子,咋说离就离了?"邻居们知道了阿俊离婚的事情,都说,"这回孙芬兰一走,算是断了线的风筝,回不来了。"

没想到,过了一个月,离了婚的孙芬兰又坐着男人的摩托回来了。

两个人的婚姻就像夏天的雨,说来就来,说走就走。

咋回事?于是,就有好事的嫂子们爱去打听根根梢梢。开始孙芬兰就是不吭声,问急了,她才说:"男人像一盘菜,好看的不一定好吃,好吃的不一定好看。煤看着黑,心是红的;墙上的画看着漂亮,顶饥还是顶渴?"

蓝蜻蜓

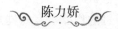

陈力娇

红豆腐食品店，我正买蛇皮果，付小茜从后面拦腰把我抱住。

我回头一看是她，大叫："不是说你死了吗？借尸还魂呀？"付小茜不顾我的奚落，嘻嘻地笑，说："哪能呢，还没把你混到手呢。"

我们一起坐在休息椅上，一落座，付小茜几乎坐在我怀里，接着反攻倒算，说："谁说我死了，我是嫁了。我不嫁，你又不要我，我等你一百年啊？"我知道付小茜是故意这么说，她根本没嫁。

她一坐过来，我就觉得有个毛毛虫在怀里拱动，特别扭，又不好意思推开她，只好故弄玄虚，说："快高抬贵臀吧，我刚做过阑尾手术。"

付小茜把身体向旁边挪了挪，一边挪一边说："你又骗我，你总是骗我，你什么时候能和我正经一点儿？"付小茜有点眼泪汪汪了。

我哪敢正经？我正经她就来真的。

但说心里话，我真不忍心看付小茜这样，我知道她是真心爱我，我若不找她，怕再也找不到比她更爱我的人了。可是我对女人就是提不起兴趣。

我抬手摸摸付小茜凄楚的脸，不想再折磨她，就对她小声说："下辈子吧，啊？下辈子一定娶你。"付小茜又靠过来，她拉住了我一只胳膊，像搂紧一根吊在悬崖上的藤条，涨红着脸说："我知道，你就是看上我表哥五得了。"

她的话把我说得一激灵，我忙环顾左右，见无人注意，才说："这话不是

好玩的,你会毁了我。"

付小茜缄口了,但哭了起来,哭得我心都碎了。我想安抚她,可不敢,我怕这样一来,把本来疏远的关系再一次拉近。我任她哭,不劝她,她哭了好一会儿,最后说:"你不爱我倒也罢了,你不能骗我,我对你这么痴情,就换不出你一句真话?"

我见付小茜说得诚恳,觉得是有点对不住她。付小茜什么都比我强,正经的美专毕业,喜欢米勒,痛恨罗丹。她说罗丹的艺术高度,是他的情人克洛黛尔的,没有克洛黛尔,罗丹的作品没有一件是完美的。

付小茜独特的思想,曾经打动过我,我也力争把我俩的情感发展得近些,可是不行,我不喜欢女孩。付小茜说对了,我喜欢她的表哥五得,五得也喜欢我,我们在一起时,有太多的需要可以交流,可是和付小茜,和其他女孩,我就像一个嗜睡的孩子,不想醒来。

付小茜哭了一会儿不哭了,她两眼盯着窗外,木偶一般。我也不管她是不是在听我的话,只想把真正的想法说给她,让她心里有个底儿。我说:"如果我这一生能娶女人,一定娶你;如果不娶你,那就是我终生没近女色。"

付小茜没说什么,有两行饱满的泪流了下来,之后,她说:"其实,我没想让你做什么,我只想让你抱抱我。"付小茜的话,让我感动,我的眼睛也涩了起来。我知道她没太深的索求,她只想让我爱她,事实上她一直在递减着这件事的程度。

我用臂肘碰了碰付小茜,说:"别傻了,别一棵树吊死人,你和我没任何幸福可言。"付小茜说:"我不明白你说的幸福指什么,我就知道和你在一起快乐,再好的日子我认为不幸福就不幸福。"

付小茜可真够痴的,现在这年月这么痴的女孩可不多了,别人都说越是知识女性就越痴,她们永远认为自己正确,也就永远走不出自己为自己设下的理论陷阱。

我们沉默着,谁也不说话,她一直倚在我的臂膀上,像只熟睡的小猫。我不敢动,唯恐惊醒了她,唯恐自己无法逃脱。我心里在想五得,优秀的五得,让我心醉的五得,盼望五得这会儿能给我来个电话,能救我。可是手机也在帮付小茜的忙,它也像睡着了,一点声音都听不到。

末了,还是付小茜打破沉静,她似乎明白我和她不可能有什么进展,就看了一下表说:"你再找我,就到梦江南酒吧吧,我和那里的老板说好了,去坐台。你不接受我,我就把自己交给全世界男人,来者不拒。"她说完,把嘴唇贴在我的额头上,好久都不曾离开。我知道,她力图让我挽留她,可是我没有,我做不来,我不能那样做,那样我就对不起五得,那样我也对不起自己,那样我更对不起付小茜。

付小茜把我的一只手拿起,放在她的左胸上,那是她心的部位,是她的精华。我感觉到那里在擂鼓,鼓乐喧天,那里奏响着一个女人对所爱恋的人最凄惨的离别乐章。

我看着付小茜走出红豆腐食品店,看着她妖娆的身姿和令多少男人垂青的体态,一眨眼消失在人流中,直到没了踪影,直到我满眼的杂乱无章。

我不知自己该何去何从,恰巧有一只蓝蜻蜓从门口飞了进来,它绕了一圈,飞走时,我跟了出去……

带套理发工具上路

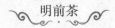

明前茶

十七岁的女孩将出国，家中四位至亲浩浩荡荡送她到浦东机场。天空阴沉，细雨霏霏。行李六大包，做长辈的都舍不得让那孩子拎到托运柜台，但所有的人都明白，只要到了加州转机，这六件沉重的行李，将由这势单力薄的女孩子一个人连拉带拽，去另一个托运柜台，随她转机去纽约。

从此，孩子在天涯。

等在候机大厅的这两个小时，对孩子的父母来说，可能是一生中最漫长、焦虑和英雄气短的两小时。空气中充满了小心翼翼的僵持感，问话的人尤其蜻蜓点水，只用最短的句子，好像生怕某个带感情色彩的长句会勾出不舍的眼泪，让这场告别变得不可收拾。孩子的妈妈一直缄默不语，只有爸爸和女儿间或交谈几句，说的也是说过几百遍的话："事到如今，已经来不及后悔。"

"我从来没有后悔过。"

"都准备好了？没落下啥东西？"

"没落下，连理发推剪都带上了。老爸，你还不相信你女儿的适应能力？"

这个年纪的孩子，若英语倍儿溜，走的时候都像赛马出了栅栏，觉得等会儿整个世界都会为她起立鼓掌。我留心到一个小细节：这孩子通过登机通道时，就没有回一下头。

这是一场注定不对等的目送，去的人满怀憧憬，送的人失魂落魄却强作镇定。我目睹那个当父亲的默默拥抱妻子。中国人，也只有在这等"生离"的当口，才懂得用身体语言安慰人吧。我听到他反复说："她连理发都会了，你还担心什么？据说中国学生会炒一大碗蛋炒饭，就能在美国把五湖四海来留学的同学都震住。"

当妻子的破涕为笑："看看你的头发，你女儿这手艺，能算出师了吗？"

我这才注意到那位父亲一身儒雅装扮，头发却理得像小兵张嘎——两鬓青白，几乎露出头皮，中间部分的头发却像芦苇一样茂盛，垂下来的刘海儿像一个桃子尖。他说："看你说的，女儿不拿我这脑袋当冬瓜练手，拿谁的脑袋练手？你还说我，你看看你这狗啃样的刘海儿……"

妻子拨开他的手，嗔道："你不懂，这种犬牙交错式的刘海儿是今年的大热门。你没有翻过时尚杂志呀？T台上的名模，都是花了五百美金才剪出这种调皮的效果的。"

一旁站着的舅妈或是姑姑，目睹这场笑中蘸泪的悲喜剧，只顾抹泪，接不上话。一语未了，做妈妈的忽然开始沿着候机大厅的落地窗奔跑，原来她看见停机坪的那头，接驳车已经在下客，她想离近些，看着她的孩子登机，看看她有没有回头张望。

果然看到那女孩子，登机时开始犹豫，甚至往下跑了几级，往这边看。当妈妈的明知她听不见，却仍然拼命敲打玻璃幕墙，几乎引来了保安。然后那孩子似是硬起心肠，迅速钻入飞机肚，不见了。

两分钟后，爸爸的手机有震动，孩子关机前的最后一条短信到了，当爸爸的念给所有的家人听："虽然前程未卜，但是爸爸妈妈，别忘了这两个月中，我学会了洗衣、做饭、修剪草坪，学会拆洗被褥和窗帘、摆摊卖书、烘烤西点，以及给你们理了最难看的头发，我将凭借我短期培训获得的技能去应对所有的困境。请发笑脸给我，我只需鼓励。"

我目睹所有送行的亲人都掏手机发笑脸给那女孩，在她独自上路之前。这精神上的断乳是如此困难，就如同心上有血肉做的绳索被生生拽断，但，这一天终将到来，到了那一刻，请不要哭着走，一定要笑着走。

爱　情

戴　燕

读高中的时候他们相爱了。

高三那年的清明节,在他们第一次接吻的槐树下,他说,他永远不会欺骗她,永远不会对她说谎。他说,无论两个人是否能考入同一所学校,他们的心都不分开。

高考结束了。他们分别考进不同的学校,走入不同的城市。

鸿雁往来的过程是迷人的。她每周会收到他写来的两封情书。他每周也会收到她写的两封情书。写信的时候他们的心是一团火,他们收到的信也是一团火。

浪漫的大学生活很快就过去了,两个人回到同一个城市参加了工作。他不再来信,她还继续写。她把自己变成了邮筒,每天等候他的来信。

终于,他来信了。他告诉她,他要结婚了。当然不是和她。他还说,他发现他的心不会为任何一个女人停留,而她是一个热爱家庭的女人,跟她结婚,他只能害了她。

她哭了一整天,然后烧掉了他所有的来信。她觉得他是为自己的变心找借口,她再纠缠已经没有什么意义。

由于给他写信已经成为她的一种习惯,每天她依然写些东西,只是不再寄出去。有一次,她的朋友把她写过的东西拿到报社发表了。她的文章受到很多人的追捧。她到报社做了一名编辑。她最终跟一个追求者结婚了。

在她三十岁的一天，她接到一个女人的电话。是他的妻子。

他的妻子气冲冲地质问她，昨天晚上是不是跟他在一起吃饭了。

她一愣，问他妻子，为什么这样问她。他妻子说："我怀疑他跟他单位的一个女的吃饭，我觉得他们两个人关系不正常，但是他说是跟你吃的，说你是他同学，你们很多年没见面了，昨天在路上遇见了，所以他请你吃饭。他还把你的电话给了我，证明他没说谎，他以为我不敢问你。"

她"哦"了一声，知道他对他的妻子说了谎。于是她急忙向他的妻子道歉，说实在不好意思，因为他主动请她吃饭而让他妻子有了烦恼。他的妻子听了，笑了，说，没什么，主要是觉得他行为怪怪的。

此后，她没跟他提起这件事。他也没跟她说起过什么。

在她四十岁的一天，她听说他是因为与别的女人有染被妻子发现，妻子与他离婚了。

那一刻，她的内心突然有了一份心疼，她想起他说过的话，他的心不会为任何一个女人停留。

她觉得他真的没有欺骗她。

离婚之后他身边的女人跟走马灯一样不停变换。

而她继续过着自己的生活。

一次，他发高烧，他打电话给她，请她帮忙买药，再给他做点吃的。

她买了药送去，并做了一些稀粥和青菜给他。

她问他："为什么不再找一个妻子，应该有个人照顾你。"

他说："我不适合结婚。"

那天，吃了饭又吃了药之后，他睡着了。看着屋子很凌乱，她就悄悄地收拾屋子，然后离开了他的房间。

晚上，她给他打了一个电话，听说他身体好多了，她就没再说什么。

在她五十岁的一天，他邀请她吃饭，并说有重要的事情告诉她。

她去赴约了。

　　他递给她一个存折,说:"这是一百万元。存单的名字是我孩子的,密码是你的生日。如果有一天我突然离开人世,希望你在孩子需要用钱的时候把这笔钱交给孩子。我不希望别人知道这件事,包括我的孩子,我不想让孩子知道有这笔钱,失去独立创业的志向。"

　　她听了他的话觉得他的神经出了问题。他说:"没有,只是常常感到生命的无常。"

　　在她五十三岁的一天,他得了癌症,很快就去世了。但她对此一无所知。

　　她很奇怪他为什么生病了没告诉她。她一直以为他有很多话要对她说,等两个人都老了的时候或许会讲些什么。比如解释当初为什么会离开她,比如应该问她,她还恨不恨他。但他从来没谈论过一句他们过去的事。以前她以为两个人还不够老,所以她一直在等待这一天。但是他到底什么都没对她说。

　　她很惆怅,但没流一滴眼泪。

　　在她六十岁的一天,她听说他的孩子做生意亏了本,而他的前妻因为动手术住进了医院,他们非常需要钱。她把存折交给了他的孩子。

　　他的前妻见到她和存折非常感动,说:"原来他心里一直装的人是你。"

　　她很惊讶,说:"我没有做过对不起你的事。"

　　他的前妻说:"我知道。当初我也知道他有女朋友,但因为太喜欢他还是跟他住在了一起。他想对我负责任,所以跟我结婚了。但是结婚后我发觉他的心总不在我身上,这让我和他之间相处得很不愉快,我从来没想过你是他的恋人,因为你们很少来往。后来他有了外遇,而且他说他离了就不再结婚,因为他想娶的人已经有了一个幸福的家。其实很多男人看起来花心,是因为对于他来说一辈子只有一个爱人,如果没有等到这个爱人,他的心就不会为任何女人停留……他没跟你说过对不起吗?"

　　她说:"没有。"说完泪湿眼眶。

　　他的前妻叹了口气,说:"那他一定知道你已经原谅他了,但是他一辈子没有原谅他自己啊……"

风比远方更远

非　鱼

黑皮的声音踏云破月而来，穿过草原的花朵，挤过热闹的人群，沿着霓虹温暖的光，与无数只耳朵相遇，是周云蓬的《九月》。

苍凉的声音如同夜晚的一场细雨，淋湿了整个广场。流动的人群突然停下来，定格在那里，不知所措。

在黑夜来临之前，城市短暂的沉寂里，突兀的歌声让这个黄昏显得格外忧伤。作为一名流浪歌手，黑皮习惯了在陌生的城市、在陌生人面前唱自己喜欢的歌。

愣住的人们渐渐清醒过来，呈扇形围拢他和他的声音。闭着眼睛，黑皮也能感觉到周围安静的人群在听他唱歌。一首接一首，他弹拨着吉他，不停地唱。有人走了，有人来了，有人往他的琴盒里扔钱，这些似乎都和他没关系，他只是唱，唱着欢乐和忧伤。

夜渐浓，他唱最后一首歌，《我要去泰国》。腿有点累，他靠着身后的广告灯箱，低垂着头，轻轻拨弄琴弦，把这首歌唱得轻松舒缓，还带点调皮。

这时，黑皮看到了坐在地上的二泉。

当然，二泉这个名字黑皮后来才知道。他看到的二泉，标签非常鲜明，衣衫褴褛，头发过长，面目黧黑，"犀利哥"一样。二泉低着头，不停地在吃东西。他的腰里似乎藏着一个巨大的食品袋，里面有掏不完的东西，他一直在

掏,一直在吃。

曲终人散,黑皮把琴盒外散落的硬币捡起来。清点一下,还不错,有三十多块钱,可以喝一杯了。

二泉似乎意犹未尽,他站起来,递给黑皮一枚五毛的硬币。黑皮一愣,下意识朝回推了推。二泉又递过来,咧嘴一笑,龇出几颗白牙,眼神一闪,明亮而深邃。

黑皮走过无数的城市,见识过无数的人,看到二泉的笑容和眼神,像被拨动的琴弦,他的心微微一颤。黑皮把钱接过来,说:"谢谢。"

此后的好几天,黑皮一开始唱歌,二泉就过来,依然坐在地上,依然不停地从腰里掏东西吃,吃得很认真,似乎在听,也似乎没在听,但最后,总要递给黑皮五毛钱。

二泉再把五毛钱递过来的时候,黑皮拉住他的胳膊:"兄弟,喜欢听我唱歌?"

乱糟糟的头点一点:"舒服。"

黑皮说:"一起喝一杯?"

二泉的眼里冒出光:"喝一杯。酒是好东西。"

于是,夜幕笼罩的城市里出现了这样一幕:一个流浪歌手,背着一把吉他;他的旁边,走着一个趿拉着拖鞋的流浪汉。

露天地摊,一盘毛豆,一盘花生米,一大桶生啤,两个人自斟自饮——不用劝,都不客气。黑皮是在第一杯酒下肚以后,才知道二泉的名字的。

黑皮说:"敬你一杯,冲你每天的五毛钱。"

二泉说:"敬你,为你的歌。"

黑皮放下酒杯,把吉他掏出来:"兄弟,点一首,我给你一个人唱。"

二泉摆摆手:"不用。酒就挺好。"

酒越喝越暖,话越说越稠。黑皮的头都快抵到桌子上了,眼泪和酒一起顺着脖子往下淌,嘴里不停地喊:"兄弟,兄弟。"

二泉沉默着、听着,一杯接一杯,喝。

黑皮说:"兄弟,你不知道,她有多好,她是真好啊。这个世界上,能把人杀死的,除了爱情,还是爱情……你知道吗,兄弟? 爱情!"

二泉仍沉默着。黑皮继续说:"没了,才知道啥叫没了。真他妈精辟啊。我到处找啊找……可她是真没了。"

黑皮沉浸在自己的世界里出不来,倾诉的声音归于含混的呜咽时,他看不到二泉藏在眼里的泪。每一个流浪的人背后,都是一大串忧伤的故事。黑皮会用音乐说,会在喝了酒以后说,但二泉不会。那些故事,已经化在他的生命里,成了他身上一副坚硬的铠甲。

第二天,黑皮醒来的时候,发现自己躺在大桥下一张破席子上,身上盖着一个被单,旁边放着一杯豆浆、几个包子,还有他的吉他。头痛得厉害。他使劲想,也想不起来怎么会睡在这儿。当然,肯定是二泉把他弄到这儿又给他买了吃的。

二泉不在。黑皮等到中午,也没见他。此后的好几天,黑皮在广场上唱起那些熟悉的歌,他希望二泉会听到,会坐在他面前,不停地从腰里掏东西吃,然后一起去喝酒。但没有,二泉没再出现。

他试着去找过。不唱歌的时候,他沿着一条条街道找,到城市的边缘地带找,到大桥下去等,都没有见到二泉。

黑皮在心里重复着那句话:"没了,才知道啥叫没了。没了的,不单单是他的爱情,还有他在这个城市唯一的朋友。"

该离开了。风在远方,但比远方更远。流浪的人就像风一样,总要朝下一个远方奔。

在火车站,黑皮才又看到了二泉。就像突然消失一样,他突然站在他面前,笑嘻嘻地咧着嘴说:"兄弟,走啊?"

看到二泉和他的笑容,黑皮愣了一下,然后便豁然醒悟:"也许二泉就是不想让他过多牵挂他,他怕这样会绊住他的脚步。"

他拍拍二泉的肩:"走。一起?"

二泉说:"不了。"

黑皮说:"那保重。"

二泉脏兮兮的手挥一挥,留给黑皮的,是一个模糊的背影。

红莲的爱情

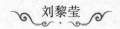

刘黎莹

红莲和第一任老公只过了小半年的日子,就离婚了。

离婚的理由是老公有了外遇。

红莲和第二任老公过了两年多,又离婚了。

离婚的理由仍是老公有了外遇。

经历过两次婚姻失败的打击后,红莲的母亲劝红莲,说:"莲儿,这都是命啊。认了吧。你等过几年再找对象吧。等过去了这一阵倒霉的时候,也许你的好运就来了。不急。"

红莲嘴上附和着母亲,说不急。其实,她的内心比谁都急。婚姻大事岂能儿戏?搁谁身上能不急啊?女人的青春不就这么几年的好光景吗?等人老珠黄了,早晚三秋了。

红莲很快陷入了又一场轰轰烈烈的爱情中。

红莲的第三任老公在和她领结婚证时,就对红莲郑重承诺:"我这辈子就指定和你过了,就是你有了外遇,我也不会有外遇的。"

红莲当时被第三任老公的话感动得热泪盈眶。

红莲想,她这辈子一次又一次,像飞蛾扑火一样,扑棱着翅膀,飞呀飞呀,不就是为了能找到一个这样的好老公吗?

在那些香甜如蜜的日子里,红莲常一个人暗自祈祷:"苍天啊大地啊,你们待我不薄啊！红莲此生有这么个铁心和我过日子的老公，红莲知足了！红莲死而无憾！"

红莲的第三任老公说到做到，上班下班，下班上班，除了单位，就是家，除了家，就是单位，两点一线，洗衣做饭，擦桌抹凳，大小家务，一人全包了。才开始的时候，红莲有点受宠若惊，以为自己是在梦里，常常跑到厨房，问老公："我是在做梦吗？这是真的假的？"

老公一边用围裙擦着脸上的汗，一边笑着对红莲说："真的！当然是真的！我会给你做一辈子的饭，呵护你一辈子的。放心吧。"

红莲不敢和任何人炫耀自己的幸福。

红莲小的时候常常生病。那时候隔上一段日子不生病，母亲就会乐呵呵地说："莲儿，你的小身体没事了，总算放心了。"红莲到现在记忆犹新，只要母亲一夸，过不几天，红莲准得大病一场。红莲一想起这事，就心有余悸，所以，她现在从不敢夸自己婚姻的幸福。就连她的母亲问她，她也只是笑而不语。

这样的好日子，哪个女人不想拥有啊？哪个女人拥有了会不加倍珍惜啊？

可是，世上的事有时清清楚楚，有时糊糊涂涂，能说得清道得明的又有几人呢？谁也不会想到拥有幸福婚姻的红莲会有外遇。

这事就连红莲自己也不会预想到。

红莲的婚外情来得异常猛烈，异常得迅雷不及掩耳，竟让红莲措手不及，节节败退，全军覆没。

直到现在红莲也不知道为何当时要鬼迷心窍，但当时红莲的的确确是鬼迷心窍了。

红莲的第三任老公开始并不知道红莲有外遇的事，红莲是个直性子的人，她觉得这事要是再藏在心里，她会发疯的。她直接把这事告诉了老公。她说："我真的是对不起你。可我也不知道为什么会弄成现在这个样子的。"

第三任老公从那天开始，就再也不肯和红莲说一句话了。老公一天到

晚脸上的厚云彩一层摞一层，像是拿手抹一把，随时都能抹下一把雨水来的样子。

最后，第三任老公还是和红莲分道扬镳了。

就这么，红莲的第四任老公粉墨登场。

红莲在心里给第四任老公打的是满分。红莲是这么看她的前三任老公的：第一任老公是公务员，经济条件好；第二任老公身体好，相貌也好，但工作不好，在一家民营企业打工，有时工资照发，有时好几个月不发一分钱；第三任老公在事业单位工作，办公条件非常舒适，收入也很可观，但就是性格太内向了，一天到晚就知道干这干那，从不会说句俏皮话，更不会附在红莲的耳边说悄悄话了。红莲虽然在生活上备受呵护，但是红莲过着过着，就觉得生活中少了些什么。少了什么？红莲一时也说不清。第四任老公在红莲心里是德、勤、责、迹样样合格，文就文，武就武，是天下难找的十全十美的男人。很快，红莲就怀上小宝宝了。

就在红莲梦里都能笑醒几回的时候，一副冰冷的手铐戴在了第四任老公的手上！

原来，第四任老公竟是个有命案在身的逃犯！

那天的雨下得好大啊！

红莲拖着笨重的身子，要去法院的旁听席上听听第四任老公究竟为什么杀的人。路上，红莲坐在出租车里，远远看见在离她不远的前方，一辆银色轿车停下来，打车里先下来一个男人，然后打开一把紫色的雨伞，这时从副驾座位上下来一个有身孕的女人，女人依偎在男人的身旁。红莲一眼就认出来了，男的是她的第三任老公……

直到那两个人影在红莲的视线里消失，下车后的红莲都没顾上打开手里的雨伞。

大雨哗哗地下啊。下啊。

红莲在雨里走啊。走啊。

再 婚

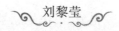

刘黎莹

　　她和他恋爱的时间不长,便去民政局领了结婚证。

　　因为都是有过婚姻经历的人,也就少了许多的程序,比如摆婚宴啊布置新房啊接受亲朋好友的祝福啊,统统省掉了。

　　他俩的同事不知道他俩结婚。

　　他的家人也不知道他俩结婚。

　　她想去他家一次,他说:"没那必要吧。"

　　她说:"那就去我家一次吧。"

　　于是,他就跟着她去看她的父母。

　　他俩是坐公交车去的。当时,她看他没有一点表示心意的意思,便把她平时舍不得拿出来的一瓶茅台和一瓶五粮液悄悄放在随身带的包里。

　　路上,她的脑子里全是她和前夫头一次看她父母时的情景。那时,她还不太懂得人情世故,前夫让她在马路边上等他一会儿,前夫便一个人去了超市。过了好一会儿,她看见前夫大包小包地买了好些礼物。当时,她便在想,其实她让前夫回家,只不过是让父母把把关,她并没最后定下来是不是要嫁给前夫。前夫好像也看懂了她的心思,但依然要带上这么多的礼物……那天,她因为精力不集中,竟忘了喊司机停车,结果坐过了站。两人下车后只好再往回走。这时,走在她身边的他也是满脑子的心事。他也在

想第一次去前妻家的情景。那时,前妻的母亲不太同意女儿和他谈恋爱,所以前妻一直不敢把他带回家。结果那次他们决定要结婚了,前妻便带他回家,前妻的母亲见了他,鼻子不是鼻子脸不是脸的。打那时起,直到他和前妻离婚,他再也没去过前妻的娘家。

他的本意是不想见她的父母的,但又不好意思把这层意思说出来,只好像个犯人一样被她押送到了她的父母家。

后来,锅碗瓢盆柴米油盐的日子便开始了。

也许是她把二婚想象得太完美,很快她就被这场婚姻拖得筋疲力尽。她的本意一直是想经营好这场婚姻的,但世上有些事往往是事与愿违。

真的是事与愿违。

比如,他的手机是不准她动一手指头的。她只当着他的面以开玩笑的方式动过两次他的手机,结果他就摔坏了两个手机。每次摔坏后,都是她心疼他没有手机不方便,主动再给他买一款样式新颖的手机。买了两次后,她就再也不敢看他的手机了。

她曾试探着想要他的工资卡。他没说给也没说不给,只是板着脸一字一句清晰无比地留给她一句话:"哪天你有时间了我俩还是去趟民政局把离婚证领了吧。"

当时她愣在那里半天没回过神来。

她是个很传统的女人。要不是前夫病故,她这一辈子从没想过会有二婚的经历。但他却是离过两次婚的人,看样子他把离婚看得极平常,平常得就像是肚子饿了下碗面条喝一样。

打那时起,她就不敢再对他要求什么了。

她的前夫比她大几岁,事事都要让她三分。遇上她不高兴了,前夫还要装猫变狗地哄她。家务活儿也是抢着做。她天天像个甩手掌柜。但现在的这个老公比她小几岁,事事都要她来哄他。稍有不如意的事,他就会要么不在家吃饭,要么就是一声不吭待在外边一天不回家。打他的电话,他也不接。家里的油瓶倒了他都不会帮她扶起来的。

这种角色的转换,让她感觉越来越累。平心而论,也不是没有开心的时候,不管两人如何磕磕碰碰,一旦有个头疼脑热,不管是他还是她,只要是有一方生病了,另一方会急得像热锅上的蚂蚁,跑前跑后,端水拿药。这时的夫妻恩爱,如果被不知情的外人看到,会羡慕死的。

就这么,两个人有酸有甜地过了两年。

终于有一天,因为鸡毛蒜皮的小事,他再一次提出要去民政局的时候,她竟痛快地找出户口本、身份证和结婚证。

前后不到一个小时的时间,俩人就把离婚证领出来了。

其实,那时的他并不知道她已查出患了绝症。

她一直不想把这件事告诉他。她一直想找个理由和他分手。她不想拖累他。正在她还没找到一个合适的理由时,确切地说,是她仍在留恋这段婚姻时,她还没能咬牙痛下决心分手时,他却提出了分手。

多愁善感而又敏感的她,误以为他知道了她患绝症的事,便再也没有了对这段婚姻的留恋和惋惜。

分手时,她对他说:"遇上合适的再找一个好好地过日子吧。"

说完这句话,她就后悔了,这不是画蛇添足吗? 婚都离了,还用得着替人家设想未来吗?

他一脸坚定地说:"我这一辈子再也不会走进婚姻了!"

她是不相信他的话的。

在她住院的那些日子,她天天在报纸上看征婚栏目。终于有一天,她看到了他的征婚广告。那上边有他的手机号。她对这个号码太熟悉了。她悄悄跑出医院,买了一张手机卡,然后就好奇地拨他的手机。她早想好了,她要捏着鼻子说话,她不想让他听出来是她。她只是好奇,他的征婚广告上没写要求女方是什么条件,只是说要在电话上沟通。她很想知道他的要求。她觉得他的择偶要求,便是她的不足之处。她很想知道她在这个男人心中到底是哪几样不如他的意呢? 奇怪的是每次他都不接电话。

她又买了一个手机卡,再拨他的手机,仍是不接。

她在医院化疗的日子里天天拨他的电话，一直也没拨通。

后来，他在征婚广告旁边的祝福栏目里又多加了几句祝福语，并在祝福语的后边加上了她的手机号。

他知道她一定会看到的。

她和他当初就是通过报纸征婚相识的。

分手后，他早就后悔了，但他是个极要面子的男人。他是想通过征婚，再一次和她牵手。他从没接过任何人的电话，只是在等她的电话。但她的手机号一次也没在他的手机上出现过。

他永远不会知道，她是永远不会看到他的祝福语了。

他在报纸上登祝福语之前，她已经永远离开人世了。

她说她爱我

江 嫒

周一上午银行大厅里走进来一个老人,这老人排到窗口前从衣袋里哆哆嗦嗦取出身份证递给林红。林红仔细打量了一眼面前这位八十岁的老人,面带笑容问:"请问你办理什么业务?"

"我办理挂失。"

"你把存单丢了吗?"

"没丢,存单是我女朋友的名字。"

"金额是多少? 为什么用她的名字?"

"她说用她的名字,存单上是十万块钱。"

"为什么用她的名字?"

"她说她爱我,存单用她的名字,我输入密码,这样两个人才能合二为一。"

"那你们为什么不结婚?"

"只要我拿钱给她丈夫看病,她丈夫就同意她和我在一起。"

"她丈夫得的什么病?"

"癌症。"

"既然是你同意把钱给她了,那为啥要挂失?"

"她已经两个月不理我了。"

"我查过那张存单了,款已经被人取走了。"

"那我能不能到法院起诉她?"

"你告不赢的,因为存单是她的名字。"

老人接过林红递回来的身份证和署名白芳的存单,怅然若失地走出了建行那扇明亮的玻璃门,这时候一只黑鸟正缓慢地穿过那扇明亮的玻璃门,老人的身影在鸟影经过的瞬间模糊了。

两个星期后,那位老人再次走进建行,满目憧憬地站在林红的面前。这次他颤颤巍巍地把工资存折交给了林红,林红诧异地问:"你办理什么业务?"

"我想把存折换一个名字。"

"你想换成谁的名字?"

"我想换成我女朋友的名字。"

"你不挂失了吗?"

"不挂失了。"

"为什么?"

"她又和我在一起了,她说她爱我。为了证明我爱她,我要把工资存折换成她的名字,这样我们就合二为一了。"

"可是上次你的十万块钱已经被她取走了呀!"

"她说她爱我,我要换成她的名字,这样我就和她变成一个人了。"

重复经典

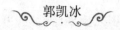

郭凯冰

　　乔青青是个挺在意细节的女人,可惜她的丈夫余家林从来不知道。

　　余家林是一个大大咧咧的男人。对于余家林的大大咧咧,乔青青很满意。大大咧咧的男人,心里装不住事儿,才让人放心。这是当初乔妈妈给乔青青的忠告,也是她婚姻失败得出的教训。余家林的妹妹余家慧说:"小乔,你骨子里是个追求浪漫的小资女人,怎么会看中我哥呢?"乔青青笑笑,说:"我就看中了他的不浪漫。"

　　乔青青算不算个小资女人呢? 好像算,也好像不算。乔青青喜欢首饰,喜欢喝咖啡,还喜欢多愁善感。可是,乔青青的首饰只要二十五元的一根兽骨项链就能搞定;如果想喝咖啡,余家林正好没带钱,他们在月亮地里走上一个晚上,乔青青也很喜欢。不过,余家林只在追乔青青的最初一个月这么陪着他走过几个晚上。余家林,挺忙的。

　　太忙的余家林,在跟乔青青结婚十年后的今天,也在外面忙碌。乔青青关上所有的灯,坐在阳台上。窗外月亮很大,一颗星也没有。乔青青觉得自己心里憋得喘不过气,但是她想要集中精力思考的时候,却抓不住想要抓住的内容。

　　这个周五的傍晚,乔青青将孩子送回了婆家,要把家里好好收拾一下。收拾到一半的时候,她发现了余家林的手机。手机是旧的,余家林在十几天

前刚换下的,里面的卡都没取出来。余家林熟人都用了移动,便把手机卡换成了135开头的。乔青青想起婆婆一直说要买个手机,出去散步的时候,打个电话什么的方便。于是乔青青将余家林的手机在床边充上电。刚开机,就有短信提示,乔青青摁键查看的时候,嘴角露出一抹笑——这个余家林,三十五岁了,也改不了大大咧咧的毛病。手机不用了,居然还有短信来,肯定没有告诉人家换手机。

乔青青带着这微笑,手剧烈哆嗦起来,心怦怦跳得要跑出来。她感觉出自己的虚弱,于是想要挪动几步,坐到床沿上,可是腿一软,坐到了冰凉的地板上。

余家林回来的时候,乔青青已经躺在床上关了床头灯。余家林很快洗洗涮涮,爬上床,并很快发出了细微的鼾声。乔青青在凌晨迷糊了一个多小时,天蒙蒙亮,起床,手机都不带,坐车出了门。

两天后的中午乔青青回来,余家林打开门,笑着说:"老婆轻松两天回来了,可把我冷清得度日如年啊!"

家里被余家林收拾得干干净净,还挂上了乔青青前些日子刚买的十字绣。余家林讨厌十字绣,他说:"我如今是个画商呢,家里挂十字绣,简直是对我的亵渎。"看来他现在情愿亵渎艺术,亵渎自己。乔青青走到卧室,余家林的旧手机不见了。

晚上,乔青青下班回来,饭桌上已经摆上两个菜,一个糖醋鲤鱼,一个干煸芸豆,都是乔青青喜欢的。对干煸芸豆余家林曾有一个很好玩的比喻,他叫它"疲软状态"。从这个称呼,也可以猜得出,余家林不喜欢吃这个。

余家林吃了几筷子鱼,喝了大半斤白酒。余家林是个爱喝酒的男人,喝起来也很豪放。但是也许是喝得太快了,等乔青青吃完饭,他的眼睛已经通红,舌头似乎也不好使了。

这个夜晚,余家林很狂热。他轻柔地抱着乔青青,偶尔又夹紧双臂,让乔青青感觉,余家林对她的感情狂热得需要大力气才能表达。夜半,乔青青一扬胳膊,肩头露了出来。余家林轻轻将被子拿起,温柔地盖上,左臂轻轻从乔青青的枕边伸过去,垫住了她的颈,又伸开右臂,环住了乔青青的腰,这个动作在十年前曾经显得很重要。那天,乔青青和余家林出去玩,回来的时候遇到大雨,躲在一个郊区的废屋过了一夜。那个夜晚,余家林就是这个动作。也就是那天,乔青青答应跟余家林结婚。这个动作,让乔青青觉得,余家林就是自己的亲人。

十年了,乔青青沉醉在这个经典动作里,却从来没有刻意提醒余家林重复这个动作。余家林左手臂小时候受过伤。最近三四年,这个经典动作只能收藏在乔青青的回味里。

这个夜晚,乔青青的心再一次沉醉。她抛开一切杂念,集中精力享受这个经典动作。

第二天早晨,余家林的亲吻让乔青青从梦中醒来。余家林吃了一惊:"老婆,你怎么了,眼睛哭肿了?"

乔青青对余家林笑一笑,嘴角一扯,再笑一笑,眼泪却哗哗涌出来。随着余家林一连声底气不足的"怎么了",乔青青终于大放悲声,哭了个昏天黑地。一个小时过去,她停住哭声,擦一擦眼泪说:"做了个噩梦,没事了。"

爱你如鱼

化 云

明子是渔民的儿子，星子是鱼商的闺女。明子不喜欢养鱼，只喜欢做生意，明子脑袋里一本生意经，眼珠一转，就能得利。星子不喜欢做生意，只喜欢养鱼，星子看了很多养鱼的书，大鱼缸里养着各种稀罕美丽的鱼。

明子到省城开了个水族馆，星子就在水族馆里照看各种各样的鱼。明子走到哪里，星子就跟到哪里，星子离不开明子，就像鱼儿离不开水。

经过一年多的打拼，水族馆的生意覆盖了半个省城，各大宾馆饭店的大堂都能看到明子水族馆的观赏鱼。星子喂养观赏鱼的种类也越来越多，从开始的普通金鱼，到后来的各色锦鲤，还有小巧玲珑、美妙俏丽的灯鱼，潇洒飘逸、温文尔雅的七彩鱼，再到比较冷门的荷兰凤凰、红眼钻石神仙，还有好多鱼明子记不清种类、叫不上名字。

看着数钱数得快乐的明子，星子也高兴得像一尾快乐穿梭的兰寿金鱼。

星子对每条小鱼都依依不舍，耐心地给每一个客户讲解水温控制、换水规律、喂养规则，还额外送给客户足够多的蛋黄水。星子说："懒人养不了鱼。"星子说："第一眼看上就买吧，那是你和它的缘分。"星子说："每一条小鱼都是我养大的女儿，希望能找到一个知道怜惜她的老公。"

明子扩大经营，又开了个观赏鱼展馆，顺便引进了两条特殊的鱼——丽儿和金沙，两个灯笼鱼一样俏丽的女孩。明子让两个女孩照顾鱼展馆，没几天,好多的鱼儿都死了,是撑死的。星子心疼地抱着鱼缸掉眼泪。明子说:"还不是怕你太累吗?"星子心里暖暖的,白天在水族馆里忙,晚上到鱼展馆喂鱼换水。她不是不累,是舍不得让任何一条小鱼死掉。

丽儿擅长喝酒,金沙擅长唱歌。有应酬的时候,明子按需分配两个女孩工作,明子把大把的钞票当作奖金塞在丽儿和金沙的口袋里。两个女孩子工作得尽心尽责,明子的订单增加不少。星子觉得那两尾美丽的灯笼鱼,如同城市闪烁的灯火照着明子的生活,夜空的星光再怎么璀璨明子也看不到了。星子变成了一尾安静的绯昭和。

有一条半米长的红白锦鲤,白如雪,红似火。明子说:"这是馆里我最喜欢的鱼,你看它,多像个魅而不娇、艳而不俗、顾盼生辉的女人啊!"星子笑:"你不懂养鱼,却很懂鱼呢。"

明子说:"那是! 有人出一万,我不卖! 这是我的宝贝,镇店之宝!"星子望着红白锦鲤说:"你说它像丽儿还是像金沙?"

明子摇头:"我出钱,她们工作!"明子用手指拨动着星子的刘海儿:"星子,你哪儿都好,就是走哪儿都有股鱼腥味儿,像鱼,只能待在我的鱼缸里。不然,我也带你去见见世面。"

星子笑:"我喜欢养鱼,羡慕鱼儿游在水里。"

"待在鱼缸……"明子忽然若有所思,转身就走。看着走远的明子,星子的眼睛里水波漾起。

鱼展馆的生意一下子变得火爆起来。不知道明子用多少钱打动了丽儿和金沙,口衔着氧气管的丽儿和金沙成了鱼缸里最惹眼的观赏鱼,开始还穿着泳装,后来干脆赤裸着上身,下身围着一条薄如蝉翼的轻纱。灯笼鱼变成了美人鱼,星子不敢看,星子看目不转睛的明子。

星子变得沉默,每天除了喂鱼换水看书就是在一个厚厚的本子上写笔记。

明子说:"咱给鱼'人工美容'吧!"看着星子莫名其妙的表情,明子笑了,拿出两只"催红剂"说:"你天天看书,这也不懂? 咱给血鹦鹉、金鱼、锦鲤、花

罗汉等红色鱼注射,让它们更红亮,颜色更好看……"

"不行,这样鱼的体质变弱,鱼会死的!"

"卖出的鱼一直不死,他们还会再来买吗?真是书呆子!鱼痴!"明子气呼呼地转身,"走!金沙,唱歌去!"

三天后,一缸日本锦鲤醉酒一样异常红亮地翻了肚皮。明子看着脸色苍白的星子,慌了手脚,说:"对不起啊星子,我只是想试试是不是有他们说的那效果,可能是没有控制好量,以后我不动它们就是了。"星子一句话也不说,默默地从鱼缸里捞出一条条奄奄一息的锦鲤。

星子不见了,留下好几本厚厚的笔记。

明子也走了,他说什么都不重要,他要去追鱼。

过家家

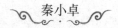

秦小卓

他们青梅竹马,两小无猜,同时就读于成长大学教育系。"遥想公瑾当年,小乔初嫁了,雄姿英发。羽扇纶巾,谈笑间,樯橹灰飞烟灭。"那次校园诗歌朗诵大赛之后,他们正式牵手,她是他的小乔,他是她的周郎。本以为罗带同心,白首偕老。可就在他们毕业前夕,她动摇了,艰辛的家庭生活环境,使他不得开心颜,周郎的英武之气也一扫而光。令她绝望的是,他安分守己地在小镇做了一名中学政治教师。

人这一辈子说简单就很简单,说复杂也就很复杂,她不会轻率地就将自己如此打发的。她提出分手。他说:"你再考虑考虑,我们这些年的情意,又不是小孩过家家,说散就散。"果真被他说中了,她暂时不能离开他,因为她怀孕了。

毕业后他们顺利结婚,她有多么不情愿,他就有多么爱惜她。他说他得感谢女儿,要不是她来到这个世界上,她的妈妈也不知道会做谁的妻子和谁的妈妈。她冷冷地说:"暂为稻粱谋,有可意的人出现,我会走的,你做好思想准备。"他说:"你做任何事我不会阻拦,退一万步总行。"

当一个人不具备与强劲动物厮杀的能力,往后退大多是可行的。

她可没时间与他聊这些毫无意义的话题,她要郑重其事地挣钱去,过上一种凡为高级动物都在争取的生活方式,穿名牌坐名车住豪华别墅。女儿

满月后,她就开始联系业务。凭她一往无前的精气神儿,接哪单业务,哪单业务就能为公司挣到一笔大钱。她做什么,就成什么;想什么,什么就能得来。不到三年,她就为这个家庭完成了中产阶级的原始积累。

她坐下来环视四周,得意之情溢于言表。圣经上说"骄傲是万恶之母"。她真在外面有了可意之人,并且是先斩后奏。与上次一样,她怀孕了。她平静地对他说:"这个孩子不是你的。"

他瞧着她日渐圆润的面庞和面庞上的无辜,深知一个女子旺盛的发展动力,是不断增长的物质精神需要与这种需要无法满足之间的矛盾擦出的火焰。世上有两种人最可悲,第一种人是拥有清醒的头脑却无能为力;第二种人傻得跟什么似的,却以为自己最聪明。他教的是思想品德课呀,应属前者,心里虽拧巴得慌,却也只能一任岁月春去秋来,花开花落。她才不会自认为是第二种人。她大方地将一百万元存折交给他:"这个算作对你与孩子的补偿。"他苦笑着接过来说:"我先为你存着。"

两年后,她第二次离婚。原因简明扼要,那人卷着她的钱逃跑了,还差一点变卖房子。她怀抱第二个孩子,走在冬天的街头,冷风吹得她发丝大乱,她却不会想到给那个帮她存有一百万元的人打电话。她不要惊扰他,他不值得依赖。

她还得横下心来找一个人依赖。第三次结婚谨慎多了,她的钱不存在他那儿,存折放在保险柜里。可是这种上锁的家庭生活又能坚持多久呢?在生下第三个孩子半年后,他们平静地分手。他们办完离婚手续,路经十字路口,他先转身走的,甚至连头也没回一下。她的心就是从那一刻结冰的,她发誓不再信任男人。

一个人拖着两个孩子,再刚强硬朗的女子也会瘦弱下去。她有时会想到那个存有她一百万元的男人和他们的女儿,他们过得好吗?可是随即她就禁止自己去想他,他只给她带来痛苦与无助,不值得一提。

可这时他竟找上门来,带着他们的女儿。她在见到他闪进门来的那一刻,差一点砸给他一串话,她想说:"你这个人真差劲!就是握有一百万也还是穷气扑鼻!"但到底吞回去了。挫折能让人学会沉默。

他们硬生生地彼此对望,她竟然心生一丝怯意。她何曾有过这个感受呀!

他也不说话,进了厨房,做了一桌子饭菜,然后吆喝孩子们吃饭,也吆喝她。饭后他们围坐在沙发上看电视。

他捧来泡脚盆,将她的脚没入温水中,揉搓,又将那脚揩干净装进绒布拖鞋。

她只呆呆地任他摆布,竟然没有反抗。

放好盆回来,他将她抱起来,像抱一只布娃娃一样把她抱进另一个屋子去了。

三个孩子傻了眼。两岁半的那一个问:"他们在玩过家家游戏吗?"

两个大孩子只笑不答。

屋里传来孩子们妈妈的声音:"你这个人真差劲!差劲!"

离　婚

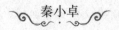
秦小卓

　　S城城关婚姻登记所业务繁忙，所长向领导反映，要求增加员工。经调查发现一对新人结婚，就有一对夫妻离婚，可见业务量增加是离婚登记所致。局委会研究决定不但增加员工，还要高薪聘请一名心理咨询师，专做离婚夫妇离婚前的说服教育工作。

　　招聘启事一登出，前来应聘者络绎不绝。考试方法去繁就减，不用笔试，现场说法，由评委会指定一对坚决离婚的夫妇，应聘者想办法让他们放弃离婚，重归于好。地点、方式不限，时间限定在一天之内。

　　半天下来，淘汰若干，下午又有几名皱眉而去。晚饭前就只剩下一名三十来岁的女子，个子不高，目光炯炯，头发烫成长长的卷儿披挂下来，给人披肝沥胆之感。她面对的夫妇相当棘手。

　　她嫌他粗陋无知，他嫌她心高气傲。吵到三十多岁，她绝望地发现，他还是不爱洗澡，还是将电视遥控器胡乱按来按去，也找不到好看的节目……还染上赌瘾，竟然恬不知耻地自我标榜"小赌怡情"。赌——贪——急——贫——贱！一眼看到底的下半生，寡淡得能照出影子来。她抓住心理咨询师的手说："凭什么时光能让一个受过高等教育的男人贱到如此境地！都说婚姻是一场战争，我都快老了，再也没力气在这座战壕里耗下去。"

　　心理咨询师听女人倾诉，从早上九点开始到现在只是偶尔点点头，笑一

下。评委们面面相觑，看来今天招聘任务要宣告失败。这时心理咨询师对女人说："既然你铁了心，那就回家准备晚饭，就算吃一顿道别饭。我晚饭后来你家。"

女人煮了男人爱吃的粳米饭，炒一盘香菇与绿叶菜，又添了盆玉米蛋羹汤。然后坐在桌子旁想，要是他能学好，小日子如此过下去也不是不可以。盯着桌子上的饭菜，想到马上就要办离婚手续，她竟生出一丝依恋。

他的归来打破了她的梦想。他将手提包朝沙发上一丢，连看也没看她一眼，拿起筷子就开始往嘴里扒拉饭……她瞪着他一口一口地扒拉着饭粒，这些被张爱玲说成衬衫领口上"白玫瑰"的小东西。她确信自己的生活与精致并无半丝牵扯……眼里突然有一滴亮晶晶的东西掉落下，"啪"的一声砸到桌子上。他冷冷地"哼"一声："死人了吗？"

她"嗖"地站起，夺过他手里剩下的半碗饭摔在桌子上，撂道："滚，谁叫你吃的，喂狗也不喂你！"她将他朝外推，一边推一边骂："现世宝！王八蛋！快乐你的祖宗八代！"

心理咨询师恰在此时出现在门前，进来后，坐在饭桌旁看女人鼻涕眼泪一把一把地薅……女人奔向卧室将衣物扔进皮箱，这是离婚前常见的冲动之举。"安娜走后，不是堕落，就是回来。安娜走了一百三十多年，子君也死了。安娜是安娜，子君是子君，我是我！"女人咬牙切齿地说。

女人坐下来吃饭，说了句让全世界人都放心的话："委屈了谁，也不能委屈自己。别跟自己过不去，这个世界需要吃饭！"女人扒拉饭粒，不一会儿，半碗饭都被扒拉进肚子。心理咨询师评价道："你具备中国女人的一切美好品质，不管那个臭男人如何现世宝、王八蛋、祖宗八代，你还是吃了他的半碗饭。"

女人呆愣了。

心理咨询师疏导说："我一直在找你们之间的黏合力，便是半碗饭，爱一个人才会不知不觉地去吃他的半碗饭。半碗饭就是下半生，爱还是不爱，你斟酌着办。"女人咬咬嘴唇。

心理咨询师说:"说句知心话,你老公条件不错,这边离婚,那边有一个团的女人等着。你可能还不知道,我也是单身。"听到这里,女人不胜惊讶。

心理咨询师继续说:"你如何对待生活,生活也会如何对待你。积极换来积极,消极换来消极,微笑换来微笑,哭泣换来哭泣……"

女人恳求道:"请你别说了。"

心理咨询师打个手势:"实话对你说,你真的离,我这就追他!"

女人慌了,摆手道:"不,不,我不离了!"

养老婆

苏 北

那晚电视上说，明天是惊蛰。"惊蛰地化通，锄麦莫放松"。没想到早上起床，却是一场大雪。风定气寒，雪片微飘。外边世界一片白花花的。刚到厨房一会儿，热点儿昨晚的剩稀饭，老婆在里屋大叫："我饿了！我要吃稀饭！"

我并没有听到她的叫声。我在厨房，隔着两道门。她尖声大叫我才听到，赶紧跑过去："就一碗稀饭，刚热好。你在床上吃还是起来？"

"我就在床上吃！"

"你赶紧穿好，稀饭已在碗里，快凉了！"

我在厨房给她切了个香干丁，淋了麻油、新鲜辣椒酱，将稀饭端过来，她已坐起。于是我垫上一张报纸，将稀饭递给她，轻轻将卧室门掩上，走回客厅。刚要迈步，又转了回来，透过门缝一看，她正有滋有味地喝着呢！

回到厨房一想：呵呵，窗外飘雪，天气清寒，焐被窝——特别是女人，懒懒的，若再有点小恙，比如来个例假什么的——莫过于一件最快活的事了。

我在厨房磨蹭一会儿，那边又叫，我赶紧过去。稀饭已喝完了，她说："没吃饱——我还要吃点面条，稀稀的，放点醋和蒜叶……"

我对她说："这种雪天，焐在被窝里最快活了。你就焐着吧！"

她说："顺便把今天的报纸拿来吧！"

我取回《晨报》给她看，又到厨房坐水下面了。

烧水时我想，干脆炸点小鱼给她就面吧！前天我从高邮回来，从高邮湖边的送河这个地方经过，有好几个渔人在那里吆喝卖小杂鱼，已走了过去，我又折回来。这里的小杂鱼一定新鲜好吃！不能错过了！于是十块钱，买了一小堆，回来我给拾掇了，用油两面一煎，放了起来。

取出四条，坐上锅用油煎，一会儿，满屋喷香。一寸长的小鱼两面焦黄酥脆。我趁热送过去，又去下面条。等我面条下好，端过来时，她已将四条小鱼吃光，只剩下四条鱼骨整齐地排在盘子里。我说："是不是炸嫩了？"

"有的还可以，有的有点嫩。"过一会儿她又说，"吃这个的时候，把自己当成一只小猫就行了！"

她吃完面，人也安静下来，开始翻报纸，根本没有起床的意思。我自己收拾完，始到书房里捣鼓。窗外的雪，纷纷扰扰，在天上漫飞。已近午时了，可雪并没有停下来，远处的屋顶已是一片白。

在书房里乱翻书，想想现在的女人，真是悲哀得很。她们已失去了优雅。一切忙乱的生活，使她们离母性越来越远。你设想一下，一个气急败坏的女人，肯定不能有一颗悠闲从容的心。女人偶尔被宠一下，心情就会很好。一般来说，心情好气色就好，女人味儿也就出来了。其实，女人天生就要养的，像这种大雪之日，偶尔养养老婆，亦是不错的。人生苦短，这样的情趣能有多少呢？我读的书不多，看旧诗词，女人的诗和词，大多是幽怨的。留在岁月中的快乐，记得沈复的《浮生六记》，一二记中，记到的陈芸，真是快乐的！林语堂的《苏东坡传》，写父子媳妇儿向京师进发，此时父子功名已就，两兄弟的媳妇儿，知道现在陪的是进士丈夫出门，一路风景宜人，湖光山色。我断想，这是这两个女人一生中最快乐的时光。

隔壁的卧室传来了音乐。这是班得瑞的《晨光》，老婆最喜欢听的音乐，那缓慢的旋律、排管和双簧管演奏出的悠扬曲调，都会使她无穷地入迷。我走过去，她正匆忙起来去厕所，我说："还睡吗？"

"睡呢！"

"你'焐小鸡'哪!"

她并不作答,只匆匆忙忙又蜷在床上。我也懒得再去扰她。这样的雪天,让女人焐焐被窝,也是最幸福的。

硝烟中的女兵

蒋 寒

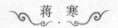

战事吃紧。从前线转来的重伤员越来越多,将边防医院抹上了浓厚的战争色彩。我们即将上去换防。我径直跑向肖容上班的食堂,去跟她打个招呼。

肖容与我是同年兵,来自一个地区,是在我陪护指导员住院的日子认识的。她在这所边防医院负责分配病号饭。那天,我替指导员打饭菜,一说话,她就听出了我的乡音。她高兴地说:"我们是老乡!"

要知道,能在前线认识一个女兵老乡,那是多么幸福的事啊。当时周围充满了羡慕的目光,都看着肖容为我大勺盛菜。我忙提醒:"好了,指导员吃不了的。"她脸一红,什么也没说。此后,她特别关照我们指导员。指导员还当着我的面夸她:"你的这个小老乡不错。"

我与肖容都热爱文学。要上阵地了,我怕几本文学书带进猫耳洞会被老鼠咬烂,就先寄存在她那儿,等下阵地后再来取。送书的那个傍晚,我们在医院附近散步。肖容的头昂得高高的,看得出,她格外开心。

我在食堂见到了肖容。她正忙碌,我说:"我们指导员出院了,我们快上阵地了。"肖容俊秀的脸上盛满吃惊,她放下手中的活儿,沉默了很久,才说了一句话:"给我写信。"

我们是在傍晚进入阵地的。卡车拉着我们朝老山疯了一般跑,敌人的炮弹就在车屁股后边爆炸,而我方的炮弹也轰轰地飞过去,在敌人的阵地上溅起团团火花。

我终于看到日思夜梦的猫耳洞了,上下两层如陕北窑洞,藏在齐腰的荆棘丛和伪装网中,洞顶是弓字钢,炮弹箱上搭着两张床板,两人住一个洞。防御战就这样开始了。出征前,我们高机连已被改为军工——"老山骆驼",负责向前沿送枪支弹药和生活补给。从此,陪伴我们的就是"三大件":"光荣弹"、止血带和冲锋枪。没报纸,没收音机,只有层层浓雾和无限的寂寞。充斥在大脑的词语是:潜伏哨、特工、百米生死线、老虎口……

"信来了!"这是令大伙儿最兴奋的声音。家信、慰问信、包裹,一次次点燃将士们的激情。那时,大伙儿都在写信,都想把战争的亲历跟人倾诉。我也给肖容写了信,可是没有回音。写信托守备师的老乡去医院打听,说是她也上前线了。她在哪儿呢?

直到一年后防御战结束,我也没联系上肖容,更无法去她们医院取书。我们是直接从前线班师回营的,与她远隔几千公里。

后来我上了军校,向她们医院打听,原来她已经退伍了。再后来我转业到报社,回家乡采访时,见到同团战友易雄。他对我提起肖容:"听说她的境况不好,两口子都下岗了,拖着一个儿子,过得艰难。"

几经周折,我们在市郊找到了肖容家。陈旧的老房,还是租的,屋里没一件像样的家具。肖容瘦多了,见到我们,她深深地把脸埋在依旧齐肩的短发中,抽泣着……我不敢相信,我们上阵地不久,她也随战地救护队到了我们师野战医院。我团七连被袭的那天清晨,她也上了老虎口,那天,我却没去……她给我写过许多信,都不见回音,后来等到我们撤防,她却收到一个包裹,里面全是她写给我的信!

我震惊了,为什么会这样?

一切解释都是苍白的。肖容摇着头说她不想听任何解释。我和易雄面面相觑,提出在生活上可以帮助她,也被她摆手拒绝了。分别时,她突然昂起头,擦干泪,平静地说:"把你的东西带走吧。"

　　她从里屋抱出一个纸箱,打开,全是我的书。上阵地前放在她那儿的书,原来她一直带在身边。

　　我的眼泪,"唰"地就滚了出来。

一张纸条的承诺

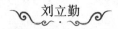

刘立勤

黄梅虽然一直在屋子里忙碌着,心却一直关注着院子的动静。她急切地等待着父亲回来,她希望父亲回来的脚步声是欢快有力的,她希望听见父亲爽朗的笑声。

父亲的脚步一向是自信有力的,父亲的笑声也清脆而爽朗。可自从她接到大学录取通知书以后,父亲的脚步就变得那样迟疑,父亲清脆的笑声也成了久违的记忆。她真后悔自己为什么要去考大学。谁想到学费这么高呢? 在这个贫困的山村里,谁家听了都会害怕呀。父亲强劲的脚力在一家家的门口磨完了,爽朗的笑声被那祈求的话语耗尽了。父亲尽管磨软了脚力,失去了笑声,也没有凑够她上学的费用。她真想撕碎了那张难得的通知书,换回父亲强有力的脚力和那爽朗的笑声。可是,黄梅又不甘心。那么,还有别的什么办法吗?

黄梅又拿出了那件漂亮的外套和那张发黄的纸条——"穿上这件衣服的小朋友,学习上如果有困难,可以联系我们,我们一定帮助你。李思俭。"

看见纸条,黄梅就想起了九年前的那场洪水。它是那么凶猛,那么无情,片刻之间就剥蚀了地里的庄稼,一时三刻就席卷了他们的村子。父亲历经辛苦盖起的房子倏地就没了。雨过天晴之后,救灾的物资终于到了,她分得了一个包裹。包裹里除了一件非常漂亮的衣服,还有这张她细心保存了

九年的纸条。九年来，小小的黄梅经历了太多的艰难，她还是和自己的爸爸妈妈一起克服了。她虽然没有和纸条上的李叔叔联系过，可是她知道纸条后面有一双充满希望的眼睛一直在关注着她。她一直暗暗努力，想考上一个好大学，找一份好工作，回报李叔叔的关心。因为李叔叔给她的衣服是她至今穿的最漂亮也是最温暖的衣服。谁想到第一次和李叔叔联系会是这样的呢？

黄梅真的不想麻烦李叔叔了，非亲非故的，凭什么呢？就因为李叔叔的爱心吗？她真的不愿意这样……

黄梅实在是没有别的办法了，只好试着给李叔叔写了一封信。她精确地计算了，李叔叔的回信大约需要七天的时间。她又想，如果李叔叔不回信，她该怎么办呢？她不知道，真的不知道。

谁想到，第五天的下午，黄梅收到了李叔叔的信，还有她急需的一万元学费。李叔叔的信里写了许多鼓励的话语，希望她努力学习，取得好成绩。李叔叔还说，她大学期间的学费和生活费就不用担心了，他们家经济状况非常好，由他们家全部负责，她只负责出好成绩。

黄梅顺利地走进了大学。她知道自己的学习机会来之不易，她十分努力。课余时间，她总是寻找勤工俭学的机会。她写信告诉李叔叔，她只希望李叔叔帮助她付学费，她自己承担生活费。李叔叔立即告诉她，勤工俭学是必要的，主要还是学习，他承诺的生活费不减。"自己挣的钱，你去买书、买衣服吧，女孩子应该打扮得漂亮一些。"李叔叔说，"你阿姨现在开了一家饭店，虽然不是日进斗金，收入还是不错的。"她每月按时收到生活费和学费；每逢节假日，她都会收到李叔叔和李阿姨的礼物。她也常常接到阿姨的电话，告诉她昨天收入了多少，今天收入了多少，然后她们就在电话里开心地笑，宛如一对亲昵的母女。阿姨还邀请她去南京玩玩。她多么想去南京看看李叔叔和阿姨，想想，还是拒绝了。西安到南京需要很多钱，她不想额外增加李叔叔的负担。她想等自己工作了，她一定会去看自己朝思暮想的李叔叔和阿姨。

有了李叔叔的帮助,本该艰辛漫长的大学生活转眼就结束了,快得她都不敢相信是真的。由于不用担心学费和生活费用,她的学习成绩一直很好,还没有毕业,她就找到了一份可心的工作。因此,她领到她第一个月的薪水后,她觉得自己应该去看李叔叔一家。她知道,富有的李叔叔虽然不在乎她微薄的礼品,但她应该献上一颗感恩的心。她又想,李叔叔家该是怎样的呢?

终于到了南京,终于走进了李叔叔的家,她没有想到李叔叔的家与他们在电话和信里所说的有天壤之别。阿姨五年前就下岗了,一直在家,他们的儿子在北京上大学、读研,李叔叔单位的效益又很差,一家人的生活仅仅依靠李叔叔微薄的工资已是非常艰难了,他们还要资助上大学的她。看着李叔叔寒碜的小家,黄梅扑进李叔叔的怀里放声大哭。

抹去泪,黄梅问:"李叔叔,您为什么要这样呢?"

李叔叔一笑,说:"不为什么,就为了兑现自己的承诺,也为了实现一个女孩的梦想。"

秋天的红 T 恤

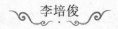
李培俊

她非让男人穿那件红 T 恤不可。她说:"我在梦幻茶楼等你,一定要穿那件红色 T 恤啊。"她还说:"知道吗? 穿上那件红 T 恤,你简直帅呆了、酷毙了!"

男人说:"这都什么季节了,还穿哪门子 T 恤呀?"她说:"我不管,我就要你穿,看你酷毙了、帅呆了的样子。"

男人是在洗手间接的电话,一道墙壁、一扇木门,隔开了客厅的妻子和儿子。

接完电话,男人开始洗脸,刷牙,梳理头发。男人的头发很好,稠密粗实黑亮,发梢带点自来卷,阿拉伯人似的。妻子问男人:"又要去开会? 你们公司也是的,哪来那么多会,下了班也不让人消停!"男人说:"谁说不是呢,我可能会回来得晚,别等我。"

妻子见男人穿着件 T 恤出门,就说:"这都秋天了,怎么还穿 T 恤? 换件衣服吧。"男人朝窗外瞄了一眼,说:"没事。"妻子说:"什么叫没事,感冒了还不得自己受罪? 多穿点。"

男人还是穿着那件红色 T 恤出了家门,一出门就打了个很响的喷嚏。男人知道自己体质差,经不得冻。可他还是穿了那件红色 T 恤,男人想让她高兴。

男人和她的"地下活动"持续了一年有余,没事了,就在QQ上聊,聊天南海北,聊云里雾里,一聊上便是天昏地暗、日月无光。她很年轻,二十岁多点,和男人的年龄差了一大截,眼睛有点像宋祖英,眯眯的,有一种勾人魂魄的力量。可她有时有些固执,比如,上了一天班,累得一塌糊涂,可她非要和男人聊QQ;从外地出差回来,男人想尽快赶回家,洗个澡,痛痛快快睡一觉,可她非让男人陪她吃饭。

不满归不满,年轻女孩的魅力却是难以阻挡的,两人一直在玩着暧昧而甜蜜的游戏。

男人站在路牌那儿等车时,天空飘起了细雨,落在身上凉丝丝的。男人掏出手机要通知她,他说:"不行,太冷了,我得回家换件衣服。"她说:"你敢!我就要看你穿着红色T恤的样子。"男人说:"可我会感冒的。"女孩套来一句影视歌词:"十娘为你熬姜汤……"男人笑了,笑得十分僵硬。那句歌词在这场合显出的并不是幽默,是浅薄。妻子从不这样,从谈恋爱到现在,从不会拿男人的身体开玩笑,丁点病痛都让她如临大敌。

男人突然有些烦躁,别别扭扭的。甚至,他想放弃这次约会。

男人抹一把脸上的雨水,一扭头却看到了儿子,儿子抱着一件夹克,气喘吁吁朝他跑来。儿子说:"幸好你没走,我妈让给你送件衣服。我妈说,你固执,像驴一样固执。我妈说,她让你一定要穿上这件夹克,感冒了就有你的罪受了。"

男人接过夹克,还没穿,身上突然就有了丝丝暖意。看来,没人比妻子了解自己,没人比妻子更心疼自己。男人想起方才关于红T恤的电话,还有她套用的杜十娘那句唱词。男人仰起脸,让秋天的雨水落上去,浇着发烫的面孔。男人知道,对妻子这样的女人,是不应该背叛的,不论是精神的,还是身体的。男人还知道,女孩也爱他,爱他的英俊帅气、潇洒幽默、谈吐不俗,以及他这个年龄的成熟稳重。可这种爱似乎少了点什么。是什么呢?

男人在赴女孩儿约会的路上,一直在想,可一直想不起来,直到走进梦幻茶楼,看到茶楼门楣上闪烁不定的霓虹灯,男人一下子明白了,是贴心贴

肺的关爱,是牵肠挂肚的亲情,还有,是十几年磨砺出来的成熟情感。

男人在梦幻茶楼门口脱去夹克,搭在胳膊上,身上,是那件女孩喜欢的红色 T 恤。女孩如火般拥抱了男人,说:"你真是帅呆了、酷毙了!"男人回抱了女孩,轻轻地,怕碰碎似的。之后,男人说:"对不起,我们结束吧。"在女孩错愕之时,男人走出梦幻茶楼,穿上夹克,打车回家。

妻子还没睡,在看电视里的《爱情热线》,见男人回来了,连忙跑进厨房,端出一碗熬好的姜汤,说:"趁热喝吧。"

姜汤里放了红糖,冲冲的,却甜。男人接过来,放到茶几上,没头没脑地说了声:"我爱你。"

这句话说了十几年,但他觉得,唯有这次是用心说的。

寻秦记

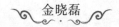

金晓磊

那段时间,孔小米待在家里,常常是三四次地把电视遥控器从头按到尾,还是按不出自己喜欢的连续剧来。而网上的韩剧也是看得差不多都会演的那些老片了。一个人在家,总得弄点事情做做,否则,无聊也是会死人的啊!孔小米这样对自己说。后来,她就想起了读初中时候,自己暗暗喜欢的那个男生,那个叫秦宇阳的小帅哥。

孔小米神使鬼差地点开了"百度"网站。"百度"的那条搜索栏,像狭长的嘴巴空洞地张在那里。孔小米立刻给它喂了"秦宇阳"三个字。于是,散落在各个角落的、成千上万个不同身份的"秦宇阳",像是闻到了稻米香,立刻排着整齐的队伍站在了孔小米眼前。孔小米睁大了眼睛,刷选出了几十个"疑似秦宇阳"。

等电话打到第四十九个,孔小米差不多想要放弃的时候,事情居然"柳暗花明"了。类似警察查户口般的问答以后,孔小米基本能确认对方就是自己要找的那个"秦宇阳"了。

"我是孔小米!读书那会儿,梳两条辫子的孔小米啊!"

听到从电话线里钻过来的是秦宇阳满是疑惑的几个"孔小米"以后,孔小米就有点口不择言了:"就经常被数学老师讽刺成'绣花枕头稻草包'的那个孔小米。"终于,秦宇阳说了一句"好像有点印象",这让孔小米就像在开水

里翻滚的那颗心稍稍安定了下来。

孔小米说："你现在有空吗?"

秦宇阳支吾了一下,说："老同学有什么事尽管吩咐吧!"

"哪敢有吩咐!"孔小米说,"我是闲着没事,记挂起了以前的同学,打了没几个电话就找到了你! 运气不错,突然就想请你喝杯茶奖励下自己,不知道你肯不肯给个面子!"

秦宇阳说："是你太给我面子了。哪怕是上刀山下火海,我也一定爬着过去的!"

"老同学,没这么夸张吧! 那就城东迪欧咖啡馆见!"

差不多用了半个多小时的时间,孔小米终于挑好衣服,跨进了她的那辆红色宝马车里。脚一踩,孔小米把她的红色宝马开成了一支迫不及待的箭,呼啸着到了迪欧咖啡馆。

电话里,秦宇阳说："我已经到了,在'惠风厅'!"

孔小米看了看电梯的状态,连忙从一侧的楼梯里朝二楼奔跑上去,飞溅下一路高跟鞋叩击大理石的声音。到包厢的门口,孔小米从坤包里掏出面小镜子,整了整头发和服饰,缓了口气,轻轻地叩响了包厢门。

两个人互相傻傻地看了几秒钟的样子,终于憋不住笑出声来。

很快,包厢的空气里飘满了各式各样的互赞声。

让孔小米颇感新奇的是秦宇阳的职业,秦宇阳开了一家私家侦探所。

"是不是戴着墨镜,穿着风衣,干像名侦探柯南一样的活儿?"孔小米陪儿子看过几集那动画片,忍不住好奇就问了。

秦宇阳"哈哈"地笑出声来："你中毒太深了。没那么夸张。我们是最低级的,最多的还是帮人调查婚外情的。"

"这活儿倒有点意思!"孔小米喝了口咖啡说,"要不你也帮我侦查侦查?"

"这玩笑开大了! 家里头有你这样漂亮的,还要去外面找,你那位真是……"秦宇阳像是突然意识到了什么,活生生地把后面几个字咽了下去。

孔小米笑笑，说："男人嘛！"

…… ……

两天以后，孔小米就把一个文件袋塞到了秦宇阳的手上："我是给自己买个放心，就怕到时候全世界都知道了，我还被蒙在鼓里！"

秦宇阳拿出袋子里的照片打量了一下，开玩笑说："成功男士嘛，是得盯紧了！"

又过了几天，孔小米忍不住想看看秦宇阳的工作到底有多神秘，电话也不打，直接去找他了。开门的时候，孔小米看见秦宇阳正在关他的保险柜。回头看到孔小米的时候，秦宇阳一脸的紧张。

孔小米"哈哈"大笑起来："你可别干什么见不得人的事哦！"

"我……我像那种人吗？"

"那你说你像哪种人？"孔小米凑过身子，一脸严肃地问。

看着秦宇阳的脸立刻成了猪肝，孔小米忍不住笑出声来，心想，奇怪，这人怎么一点都没了侦探的范儿？

也懒得去深究了，笑完了，孔小米冷不丁冒出一句："有什么异常情况吗？"

秦宇阳好一会儿才反应过来，支吾了几下，说："好像也没什么异常情况！"

孔小米"哦"了一声，就转了话题。

后来，秦宇阳出去了一下，回来没多久，话题转来转去，就把孔小米转到了自己的身子下。

门，就是这个时候，突然被踹开的。

进来的不是别人，正是孔小米的丈夫——王大缸！

婚，很快就离了。孔小米只分到了王大缸巨额财产的几颗"小米"而已。

事情差不多就这样了。

需要补记两件和孔小米有关或者无关的事情——

一星期后，王大缸和一个二十多岁的女孩子结婚了。

王大缸结婚的那天,孔小米给秦宇阳打电话,但他的手机已经关机了。她赶到秦宇阳的私家侦探所时,几个工人正在那里敲敲打打。孔小米对自己说:"秦宇阳,王大缸有没有给你好处? 就算你跑到火星,我也要把你找出来!"

年夜饭

来卫东
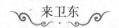

　　雪越下越大,像是有人把大把的鹅毛从天上一股脑儿倒下来,被风吹得沸沸扬扬,四处飘洒。放眼看去,原野上白茫茫雾蒙蒙一片。霞在窗前睁大了眼睛,希望目光穿透重重雪雾,能够看到丈夫亲切熟悉的身影。可她的眼里除了一片动感炫目的白,哪有半个人的影子?

　　霞是个采油工,丈夫彬也是个采油工,他们刚结婚一年,这个夫妻站就是他们的工作岗位。夫妻两个共同管理着站上的八口油井,有几口距离很近,就在小站的周围;有几口很远,徒步走要一个小时才到。

　　今天是大年三十,彬骑自行车出去巡井了,霞在站上准备晚饭,她简单炒了几个菜,还开了瓶饮料。根据企业的安全禁令,在岗上是不能喝酒的,就等彬回来下饺子了。傍晚原野上突然袭来一场暴风雪,北风把雪花卷成一团,像一条白色的巨龙在荒原上狂舞。下午,队上的值班干部送来了几袋速冻饺子,有三鲜馅的、西葫芦馅的,也有羊肉馅的,说是给他们准备的年夜饭。站里的温度太高,饺子很快就会化掉,粘成一团,因此夫妻俩忙着把饺子放在了站外的背阴处。

　　都快晚上八点钟了,彬还没有回来,霞站在窗前眼睛都看酸了,心里不免有些忐忑:以前彬总是能在天黑之前回来的呀,虽然今天的暴风雪太大了,可算算时间也该回来了,会不会出现什么意外呢? 不会的,不会的,想到今天是年三十,霞使劲往地上吐了几口唾沫,丈夫怎么会出意外呢? 他是多

么健壮的小伙子啊,更何况他身边还有一个勇敢的小黑呢。

小黑是他们在站上养的一条小笨狗,浑身的毛像黑油油的缎子,只有眼睛和爪子处有些白毛。小黑虽然不是什么名贵的狗,却是夫妻俩唯一的朋友,陪着他们巡井、散步,给他们平淡的生活带来很多欢声笑语。

彬这次巡井还真是遇上了麻烦。午后他骑上自行车,带着管钳等工具,吹一声口哨,带着小黑上路了。彬不用回头,也知道妻子霞正目送着自己,他的心头掠过一丝甜蜜。都结婚一年了,这傻丫头还对他恋恋不舍,就像身边这些整天不知疲倦运转的磕头机,执着坚韧。

冬天的原野到处是干枯的芦苇和结了冰的水洼,风虽不大,可是干冷干冷的,地面冻得像石头。彬头戴狗皮帽子,穿着棉工衣、棉工鞋,把自己武装得像个北极熊。小黑似乎不怕冷,每次出去巡井都是它最高兴的时候,它可以在原野上任意地奔跑、撒欢。

几口偏远的井运行都很正常,磕头机不知疲倦地运转着,机械地重复着同样的动作,把地下的黑色油流抽进地面的管线,再通过他们的小站输送给远方的输油大站,让这些黑色的"血液"流向祖国各地,为祖国经济的腾飞奉献它们的光和热。还有最远的一口井,只要一切正常,跑完这口井就可以回去,在温馨的小站里和心爱的妻子共进年夜饭,然后钻进温暖的被窝,度过一个缠绵浪漫的良宵。这时候,暴风雪忽然来了,狂风卷起大片的雪花漫天飞舞,阻挡了他的视线,自行车是无法骑了,彬只好推着车艰难地步行。小黑似乎也有些害怕,紧紧跟在他的身后。

有情况! 离最后这口井还有几十米远的时候,彬隐隐听到了马达的轰鸣声。这时,小黑也闻声大叫了起来。彬把自行车扔在一边,拿起手中的管钳,快速向前冲去。离近了,彬看清了,井旁停着一台小型拖拉机,两个农民模样的人在井口鬼鬼祟祟地忙着。

受利益驱动,当地的不法农民盯上了油田的油井,经常结伙去偷油,卖给附近的私人炼油厂,牟取暴利。在他们眼里,靠山吃山、靠油吃油是天经地义的事,他们根本不把国法放在眼里。油田为了减少损失,就让工人增加巡井的力度,但这些偷油贼仍不死心,和油田的人玩起了"老鼠躲猫"的游戏。今晚是除夕夜,这两个偷油贼以为油田的工人们一定都在队上过节,井上没人来,正好钻个空子。

住手!彬挥舞管钳冲了上去,小黑也汪汪叫着在旁助威。两个偷油贼透过拖拉机大灯射出的灯光看清了彬是一个人,当然不甘心到手的鸭子飞了,挥舞着铁锨和铁棍迎了上来。在黑冷的雪夜中,正义和邪恶展开了一场搏斗……

等霞把彬搀扶到站上,已经是大年初一的早晨了。彬被偷油贼打伤了腿,偷油贼跑了,抢走了他的手机和钱包,但原油一点没丢,偷油贼的拖拉机被彬用管钳打坏了部件,发动不着了。

一进温暖如春的小站,霞感觉冻得冰凉僵硬的身体又复活了过来,她搀扶着丈夫走了一夜的路,累得不轻,真想躺下好好休息一下呀,可她告诫自己现在坚决不能躺下,再累也要挺住。霞简单给彬包扎了一下伤口,看看没什么大碍,一颗悬着的心终于放了下来。

"知道吗老公?是小黑给我报的信,它跑回来使劲拽我的裤脚。"霞的目光有些湿润。

"老婆,你不该去找我,应该先打电话通知队上。这么大的风雪,你一个女人,黑灯瞎火地在荒原上走多危险啊!"

"一想到你有危险,我就什么也顾不上了,跟着小黑深一脚浅一脚地跑,只想立刻赶到你的身边。"霞幽幽地说,"下次一定注意。"

"老天爷开眼,幸好没事。"彬庆幸地拍拍额头。过了一会儿,他懒懒地说:"老婆,我饿了,想吃饺子。"

"这好办,你等着,我马上给你煮。队上送的速冻饺子都被埋在大雪里了,我去扒拉出来,也许吃起来别有一番风味呢。"

不一会儿,一碗热气腾腾的饺子端了上来,霞的神情有些疲惫,她强打精神把一个个饺子喂进彬的嘴里。

饥饿的小黑蹲在旁边馋涎欲滴,心想你们俩也应该给我点吃,我回来叫人也是有功的呀!过了许久,看没人理它,小黑生气地汪汪大叫起来。

一　哥

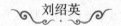

刘绍英

　　一哥打电话说到常德来了,并且给我带来了一幅字。我高兴地说:"太好了,我晚上请你吃饭。"

　　一哥是广东人,我的好友四妹的男朋友,以前是一个驾校的校长,离异,有儿女一双。几年前,不知怎么的,他突然就抑郁了。没办法,只好提前内退在家休养。他曾到过常德几次,每次来,我们总要见个面,喝喝茶,吃吃饭。在四妹众多的男友中,一哥应算是个比较靠谱的好人,循规蹈矩,一身正气。这么多年来,他一往情深地爱着四妹,死心塌地,痴心不改。他五十出头,已经两鬓斑白,估计是相思害的。他说:"四妹是妖精,遇见她,只有死翘翘。"说罢,长长地叹上一口气。一哥平日说粤语,但到了常德,只能说普通话。他的普通话很蹩脚,我们连猜带问才能听得懂。我很认同一哥的话,像四妹这样的女人,就是专门在这世上祸害男人的。

　　我提前到达餐厅,等待一哥和四妹。不一会儿,风情万种的四妹挽着意气风发的一哥进了包房。两人都穿着红色的上衣,像两团耀眼的火焰,扑面而来。

　　我笑着站起来,用普通话向一哥问好。

　　一哥连说着好,一脸傻笑着,幸福得像个十七八岁的少年。

　　四妹挨着一哥坐下,说:"你看他的样子,吃的饭,拉的屎,哪里都没得毛

136

病,就是脑壳有毛病。"

一哥听懂了,有些不高兴地说:"我脑壳没有毛病,即使有毛病,那也是你害的。"

"那确实。"我连忙打圆场。

一哥把他带来的书法作品交给我,说:"这是我老师的字,他是个有名的书法家。我最近在写字,要不然,我不知怎么打发难熬的日子。"

我说:"你到常德来,离四妹近些。"

四妹在桌子底下踢了我一脚。

一哥望向四妹,眼神很热烈,期盼着四妹回应。

四妹回应了。四妹说:"你不要看我,我是不会答应你的。就那点退休工资,还要吃药治病,你又没钱买房。"

一哥说:"我没有病,我都是想你想的,而且在这里,我们可以租房住。"

四妹说:"你神经哟,我们又没结婚,和你租什么房?"

"那我们结婚吧。"

"你要结婚不要同我结。我从离婚起,就发誓不再结婚。"四妹尖声说。

一哥沉默了。这样的谈话不是第一次,每次一哥到常德,都哀求四妹同他结婚。四妹也总是断然拒绝。

其实,我是理解四妹的,自从她看似憨厚老实的前夫与别的女人鬼混在一起,把她抛弃后,她便不再相信任何男人,也不再相信爱情。

菜一盘盘地上,我拉拉四妹的衣袖,叫她不要再说了。

饭桌上的气氛便有些沉闷。

一哥默默地扒着碗里的饭,与刚进餐馆时判若两人。

我问一哥:"这次在常德待多长的时间?"

一哥黯然地说:"明天就走。"

"多待几天,看看桃花源,看看诗墙,看看花岩溪。"我留一哥。

"她就是我的桃花源。"一哥拿筷子指了指四妹。

"神经!"四妹笑了起来,嗔骂着。

我有些为一哥难过。五十多的人了,为了一个女人,千里迢迢来到这个小城,坚持一份无望的爱情,铁石心肠的四妹是不是应该有点小小的感动呢?

四妹做何感想,我不得而知。

晚饭很快结束,我对一哥客套地说:"有时间多来常德走走。"

一哥看着四妹说:"她并不欢迎我多来。"

"她不欢迎我欢迎。"

四妹白了我一眼,用常德话小声说:"小心留成粑手货。"

如来时一样,四妹依然挽着一哥的手,两人亲热地在我的目光里消失。

半年后的一天,四妹满脸泪痕地告诉我,一哥死了。他死在来看她的路上。路上由于劳累过度,抑郁症复发,一哥狂躁地将车撞向了一辆迎面开过来的汽车。

四妹还说:"就在几天前,我已经答应和他结婚了。"

我哀伤地看着悲痛万分的四妹,心底说:"一哥,你真的是个命薄的人,坚持爱情的你,还是没有坚持到最后。"

逃往开封

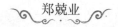

郑兢业

　　"文化大革命""捷报"传得最频的那年夏季,一封发自开封的急电飞到了我家——我爸病重住院,让妈速去服侍。

　　临行前,妈特意叮嘱我:"你少耍点儿驴脾气。"平日,平息我与哥哥的拳来脚往,是妈干不完的"家务"。

　　妈走的次日晚,新任家主我哥把全家人——姐、弟、我叫到一起,虎着脸宣布,妈临走放家五块——至少是五块零花钱被盗。尽管妈走时他正在公社参加不知砸烂谁的狗头的批判大会,他却心明眼亮,毫不费事地断言,这种胆大妄为的壮举非我莫属。他借用毛泽东"历史的经验值得注意"的"最高指示"——作为他做出这一判断的依据。

　　我是有些"历史问题"的。我曾偷偷拆掉过家里炉灶中的炉条,解掉过院子里晒衣服的麻绳换过梨膏糖。可这五块钱,别说没见,见了我也不敢拿。"哥,谁要是见那五块钱啦,是这么大个——"我比画了个鏊子底那么大的老鳖。

　　"我知道你是属鸡的,嘴硬,可你也得认清当前的形势,就不兴革革你的命?两天内不交出那钱,我叫真理战斗队斗你,就跟斗地富反坏右一样。"

　　虽说我不咋怕哥,"真理战斗队"可叫人惧怕。别说村里"阶级敌人"提起来就腿肚子转筋,连村上的狗见了他们,也赶紧夹了尾巴慌忙而逃,跑得

慢了怕被打死吃肉。

我得逃走,找爸妈诉告冤屈。尽管我尚不知三十六计走为上,可躲灾避难的本能,把我引上了明智之途。主意已定,便急备路费。我先用柴火棒扒拉出密藏于墙缝的整个家当——硬分币的全部样品,又向最好的朋友富军求援。他慷慨地援助我三个五分硬币和一条谋求路费的妙计。

翌日天没大亮,趁姐没开鸡窝,我逮出一只老母鸡,仓皇而逃。

在公社所在地的早集上,母鸡换了三块钱和去开封的方向指点:蔡庄公社所在地有通开封的长途汽车。

尽管是逃跑,我也没忘了是要进城,特意穿上了新布鞋。然而新鞋硌脚,很快把脚趾"咬"出了血泡,我只好脱了鞋夹在腋下,光着脚丫,惊兔般奔跑在野草夹道的乡陌上。我家离蔡庄10公里,当我汗流浃背跑到车站一打听,心一下提到了嗓子眼儿:"文化大革命"把汽车也革出了神经病,过去每日一趟的班车变成了"想来就来"。

终于,在拥挤的人群中,我拼命挤上了去开封的长途汽车。随着汽车拖出一溜烟尘,我又想起哥哥对我的冤枉,内心暗语:混蛋哥哥,你就是骑马也追不上我了。

这是我头一次坐汽车。起初,我并不贪心享受更多的新奇,路边树影箭一样射入我的双眸,我讶然张圆了的嘴久久不能闭合。车在高低不平的石子路上颠簸。我坐在车的前部,忙里偷闲张望一下后部,那些在座位上一颠老高的人令我生妒:都是掏了钱的,他们凭啥坐后头?比我颠得高,晃荡得很,那一定很得劲儿,跟荡秋千似的。我不甘心前部乘客比后部乘客稳当得多的"不幸遭遇",拧紧眉头,不多时便有了个良谋:我选中了有可能成全我的人,最后排那个四十多岁的男人,看着最面善。我从前头试着挪到他跟前,吐出的话像在蜜里打了个滚儿:"大叔,咱爷儿俩换换座位吧,我赔你个甜瓜。"

我卖过鸡买了两个甜瓜,是给爹娘备的见面礼物。我自己又饥又渴都舍不得吃,却舍得去换"荡秋千"样的座位。

我暗暗祝贺自个讨了便宜，一个甜瓜就换得了后排座位，那大叔八成是个傻瓜。好位置不能浪费，我也不扶前排的扶手，像个蹦天猴，颠上颠下。起初我没敢展露全部得意，怕那换位的大叔反悔。当我断定他不是那号反悔的人，便开始惊号狂笑。那时倘有人问："你为啥离家？到何处去？你爹是谁?"我一准答不上来。我已高兴坏了，从尉氏到开封，一路心花怒放。偶有不悦，那是因了道路平坦，车颠得太轻。

一走出车门，便走出了梦境。我站在出站口，傻子似的对着蚂蚁迁移般的人流茫然无措。直到一位五十多岁的老伯推着三轮车来到我面前，问我到哪里去，我才如梦初醒，递给他个皱巴巴的信封。他看了地址说："三毛钱把你送到。"

我被拉到演武厅街原开封地区油脂公司，一打听，该单位已撤销，人员去了地区粮食局。老伯二话没说，掉头向北。时值盛夏午后，且无风无云，毒日头烤得马路流油，车轮滚过，轧出道道辙迹。到了地区粮食局单身宿舍，他敲开一个门打听，大概是敲乱了人家的午梦吧，门缝里溜出一声挤扁了的声音："不知道！"

三轮车停在槐树荫下，老伯无奈地说："小孩，今儿个先在我家住一夜，明儿个回老家去吧。"

我什么也没说，什么也说不出，两行泪水汇合了腮边的汗珠。我掏出所有的钱捧给大伯。他断然推开我的手，又转身去敲另一家的门……

好一会儿，他迈着快步回到车前："打听到啦，你爹在包府坑家属院。来，擦把脸，别像个泥猴样去见爹娘。"说罢，亲手给我擦去了泪痕和汗渍……

我的状告赢了，妈并没在家放五块钱。

以后，我有幸在开封工作了多年，每每漫步街头，总情不自禁地目送目迎着过往的三轮车，执着地寻觅着老伯的影子……

雪绒花与小黑贝

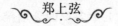

郑上弦

  我和田甜年龄相近,家住同一小区。每到周末的傍晚,我都会在小区花园里跟遛狗的田甜相遇。我特别喜欢猫啊狗啊,对她家小狗的喜爱,使我们成为无话不谈的朋友。田甜家的小狗,是只普普通通的白色家犬,却有个好听诗意的名字——雪绒花。它那总是干净洁白的皮毛,让人感到名副其实。比起名门出身的比熊犬、贵宾犬、雪纳瑞,随着季节的变换,它们的主人频频更换花里胡哨的狗衣,雪绒花那身四季如雪的天然外衣,倒显得自然纯净。

  田甜家是小区里的租房户,一家三口栖身在一室一厅的小房子里。她的爸妈在工厂上班,微薄的工资,让买房子的梦难以成真。我知道,在我们这个小区,像田甜妈妈骑着旧自行车上下班的人,已经很难碰上了。而像她推着自行车在各种名牌轿车里坦然穿行的人,就更罕见了。虽然田甜家境寒素,她妈妈却是个极富爱心的人。我无数次看到,田甜妈妈给小区里的流浪猫送食送水。

  大约是三周前的周末黄昏,当我在小花园里等待田甜时,雪绒花率先跑到我面前,频频摇动的尾巴传达着无声的喜悦。田甜走近我时,我见她怀里抱着一只跟成年猫一样大小的黑狗。定睛细看,小黑狗竟然失去了一只眼睛!小小的眼眶里,是个凹塌的小黑坑坑。我瞪着傻傻的眼睛,一时无语。

  片刻沉默后,我伸手欲抱不幸的小狗,田甜摇摇头说:"不要动它,它的后腿也有伤,你会弄疼它的。"田甜托着小可怜给我看,的确,它的右后腿上缠裹着浸染着碘酒的纱布。

尽管这是只有严重伤残的流浪狗,田甜的妈妈把它从路边垃圾堆里捡回后,不仅仔细为它清洗疗伤,还给它起了个好听的名字——小黑贝。

田甜把小黑贝轻轻放在草坪上,它拖着不能打弯的一只后腿艰难地走了几步,田甜就不忍了,赶紧抱在怀里。雪绒花看到小黑贝如此得宠,伤感地耷拉着耳朵,无声地蹲在一边生闷气。我赶紧弯腰抚摸雪绒花的脑门,安慰这个小心眼儿。

无论田甜妈妈如何悉心疗救、殷殷祝祷,小黑贝的后腿也未能康复。作为双重残疾,小黑贝也许读不懂人们鄙夷的目光,却能感知健壮的同类在它面前的高傲霸气。即使人影稀少,不见狗踪,小黑贝也会小心翼翼地夹着尾巴溜着墙边行走。从这种行迹中不难看出,它对自己寄身的世界是多么恐惧。

那个暑假,我去南国旅游了一趟。虽然实际时间不长,却感觉好像好久好久没和田甜、雪绒花、小黑贝在一起玩了。回到家的那天晚饭后,我给田甜打了电话,问她在哪儿。她说爸爸妈妈今天回乡下老家了,她独自在家做作业。我笑声难抑:"OK! 我五分钟之内给你个惊喜!"

我急忙带上送给田甜的仿银手镯、送给雪绒花的人造玛瑙项链、送给小黑贝的红色鸡心形玉坠,快步如飞地向田甜家奔去。我要尽快亲手把礼物戴在朋友的手上,挂在狗狗的颈项上。

当我喘着粗气欲敲田甜家门时,一丝受到"怠慢"的感觉涌上心头:田甜家住二楼,过去每一次找田甜玩儿,刚进一楼门洞,先知先觉的雪绒花就"汪汪"叫着致欢迎词了。门开了,虽然田甜惊喜不已,热情有加,拉住我的手蹦蹦跳跳,可我还是多少有点缺憾——往日我一进屋,雪绒花第一个扑上来,用两只前腿抱住我的腿,亲热得一塌糊涂。

我扫一眼屋内,不见雪绒花的踪影,小黑贝躲在门后墙角,胆怯地缩作一团。我禁不住问田甜:"雪绒花哪? 我有礼物要送它哪。"

我这一问，田甜喜色顿失，松开我的手，眼里蒙出泪光。

我惊慌地追问："雪绒花怎么啦？"

田甜抹把泪告诉我："你也看到了，我家确实地方太小。妈妈捡回小黑贝后说，我们家很难养得起两只狗，等小黑贝的伤养好了，就把它送给愿意收养的人家。可惜，它的眼和腿永远废了。这样的残疾狗，很少有人收留，即使暂时送出去了，也很容易再次沦为流浪狗。当妈妈第一次给我说想把雪绒花送人，把小黑贝留下时，我哭闹着坚决反对。妈妈说雪绒花聪明活泼，人见人爱，一定会得到新主人的善待。尽管我知道妈妈的话合情合理，我还是不答应。直到妈妈说把雪绒花送给乡下的舅舅，逢年过节我还能见到雪绒花，我才勉强同意了。今天，爸爸妈妈一起把雪绒花送舅舅家了。"

说到这里，田甜止住的泪水又下来了。我替她擦着泪说："虽然送走雪绒花你很伤心，也该为有这样的妈妈自豪啊！只顾伤心了，看看我给你带的礼物吧。"

我打开一个红色缎面小盒子，一件一件往外掏："这是送给你的手镯，这是送给雪绒花的项链，这是送给小黑贝的玉坠。"我把手镯给田甜戴上，大小正合手腕的粗细。田甜抱过小黑贝，我把穿在金丝带上的玉坠系在它的脖子上。

我又提议："田甜，过几天我俩一起到乡下看雪绒花吧，我要把这个项链亲手戴在它脖子上。"

田甜惊喜地举起右手，我也跟着举起右手，随着一声欢快的"哦耶"，两个手掌响亮地拍在一起。

受惊的小黑贝，吓得跌跌撞撞地钻进床底下……

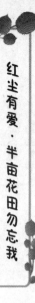

影子游戏

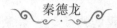

秦德龙

　　他喜欢和自己的影子在一起。他跑,影子也跑;他停,影子也停。他做什么,影子就跟着做什么。他乐此不疲,孤芳自赏,丝毫也不顾及别人的目光。

　　白天,有太阳的时候,世界是明亮的。所有的物体也因此产生了影子。他就在太阳下走来走去,让阳光映出灰色的影子。夜晚,月亮爬了上来,月光会在他身后投出朦胧的影子。可他似乎更迷恋没有月色的夜晚,因为,路边的灯光会扯出来他的影子,扯得绵绵悠长。

　　是的,影子真是神奇,真是令人开心不已。

　　是个神经病吧?有人嘲笑他。

　　不管别人怎样嘲笑,他每天都和自己的影子在一起。有影子陪伴着,他很知足。

　　有个女孩儿打破了这种宁静。女孩儿并不认为他喜欢影子有什么不好,更不认为他脑子有病。女孩儿对他很欣赏,觉得他是个有心灵家园的人,是个有精神追求的人,是个有生活乐趣的人,因而是个很可爱很可爱的人。

　　他就和女孩儿谈上了恋爱。

　　他经常带着女孩儿做影子游戏。他扮演他自己,女孩儿扮演他的影子。

游戏规则很简单:他举起右手,女孩儿就举起右手;他奔走,女孩儿就奔走;他停下来,女孩儿也停下来。过去,他常自己玩这个游戏,让自己的影子陪着玩。现在好了,女孩儿成了他的影子,有女孩儿陪着玩,真是开心极了。

女孩儿对他说:"我就是你的影子,一辈子跟定你了。"

他笑了:"对,你就是我的影子,我到哪里,你都必须跟到哪里。"

每次这么说,他和女孩儿都要开心大笑。

有一天,他对女孩儿说:"咱们换一换玩法怎么样?"

女孩儿说:"你是要做我的影子吧? 好啊。我走到哪里,你就跟到哪里。"

他点点头说:"对,是这样。"

女孩儿很认真地问:"假如,我到了梦里呢? 你能进入我的梦里吗?"

他笑着说:"怎么不能呢? 我想,我应该能进入你的梦里。"

可是,很遗憾。女孩儿做梦的时候,从来都没有梦见他。

女孩儿问:"怎么回事? 你为什么进入不了我的梦里?"

他耸耸肩说:"那是你的事,你不想梦见我,所以,你的梦里没有我。"

沉思片刻,他又说:"这样吧,我们再换个玩法,相互扮演对方的影子。但有一点必须说明,我们不再模仿对方,而是让影子做出完全相反的动作。比如,我摸左耳朵,你就要摸右耳朵;你右转身,我就要左转身。"

女孩儿笑道:"好玩,这也好玩。"

于是,他和女孩儿开始互相扮演影子了。也可以说,他和女孩儿互相作对,他指东,女孩儿偏偏指西……女孩儿处处和他对着干。反过来说,也是他和女孩儿处处对着干。

不对着干的男女,似乎成不了夫妻。在他和女孩儿玩了无数次影子游戏后,他们喜结良缘了。其实,女孩儿也累了,不想再玩了,需要安居乐业了。女孩儿已经意识到影子游戏的实质,影子存在于生活的每一处细节里,与其没心没肺地玩游戏,不如实实在在地过日子。

既然如此,那就自己玩吧。就算自己是个风筝,扯风筝的绳子不还在妻子的手里?

于是,他又和自己的影子泡在了一起。他常在阳光下奔跑,也在月光下奔走,还在路灯下漫步。总之,凡是可以映出影子的地方,都有他的足迹。

在自己的影子陪伴下,他一天天变老了。

后来,妻子把他送进了医院。

他知道自己的病情,恐怕是要竖着进来,横着出去了。好在心里有自己的影子支撑着,他表现出了对人生的无限敬畏和刚毅。

他离开人世之后,妻子在他的墓前竖立了一块墓碑。每逢有太阳的时候,或有月亮的时候,墓碑都会把影子投到墓前。

他的天空里有一盏灯。这盏灯,永远映射着他的影子。

结婚就结婚

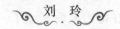

刘　玲

　　截至今天,欢子彻底拿下了主干道站台和五线公交车体的广告铺设权,买断电视台黄金时段广告代理权的事宜正在商谈之中。

　　欢子停车在公司门口,一步跨上台阶,禁不住打了个响指。

　　到公司才一会儿,就发现公司对面的小老板在自己跟前转悠了好几趟。跟这小老板做邻居几年,没发现这人这么高频率地出现过。

　　中午赶饭局,路上有陌生电话进来,男的,说叫爱国,公司对面卖手机的。欢子想起这人就是早上在自己眼前晃荡的小老板,其实他不卖手机,卖手机电池、充电器兼手机缴费。这爱国问欢子,看公司能不能给他担保从银行里贷一万块钱,就一年。

　　欢子有点晕,头回碰到这事儿。她跟这卖电池的其实没什么交情,见天早起开门晚间收工,公司还给他门口腾块儿地方让他练摊儿,他在小钢丝床上摆些点心牛奶零食来卖,因为公司隔壁是幼儿园,整得公司上下班跟进了儿童乐园似的。欢子心眼好,从不说啥,城管来了还招呼办公室小秘给他提个醒儿。但是,交情绝没到一开口就涉及钱的份儿。

　　下午,欢子刚到公司,爱国就跟进来了,站在大厅,眼盯着地面说,如果公司担保有难处,欢子私人能不能借他一点钱,一千就行,现在店里缺钱。欢子问,扩展业务吗?爱国一下慌了神,连连摆手,竟退出去了。爱国从玻璃门出去的时候,他老婆一下从侧门出来闪到他身边,两人叽叽咕咕拉拉拽拽地走了。

欢子三十岁了才张罗结婚,她这样的条件熬到三十岁,指定就是挑拣。没错,欢子最挑拣一样,要求结婚的男人一定要有担当,毛头小伙能看出啥来? 得等到三十而立。

要跟欢子结婚的男人叫大洋,欢子不断把涉及工作、生活、朋友及方方面面的问题抛给他,其实就是试探,大洋三两下都给说到欢子的心窝里了。欢子拍着大洋的脑袋说:"行啊你,过关。"大洋说:"欢子你放心吧,只要别考你和我妈一起掉河里我先救谁。"

大洋前两天告诉欢子,让她做好暂时被冷落的准备,最近他要跟银行的财神爷过招。欢子理解,但没想到他这么投入。欢子打电话过去,知道那边无非就一场饭局,可那家伙拿捏得语气很正式,哼哼哈哈不带一点打情骂俏的。"多大个事儿啊。"欢子撂他一句。

欢子虽然不高兴也给予了充分理解,都是生意场上混吃喝的。所以,大洋带着讨好约欢子吃饭,欢子没一点情绪就答应了。

今天这顿饭,两人都充满了期待,之前的那点小不开心指望这顿饭冰释前嫌。等红灯时,大洋电话响了,铃声是让人起鸡皮疙瘩的蛤蟆叫,欢子给调的,银行那帮人的来电都这音儿。

大洋接电话的精气神儿像接圣旨,那口气谄媚的,欢子都不忍听。大洋一个劲儿点头:"我有时间,我没事儿,我正想给您电话又怕您忙,车多快呀,我一会儿就到,我就支应着您哪。"

挂了之后,大洋都不敢正眼看欢子。欢子识趣地手一指左边:"回吧。"遵纪守法的大洋在十字路口就一百八十度拐弯了,直接提速。

欢子狠掐大洋的腿。

欢子老爸其实也就五十多一点,但在老年人活动中心这个组织里当台

红尘有爱·半亩花田勿忘我

149

柱最少十年了,吹拉弹唱满大劲儿。欢子努力想都想不起来老爸为这个家操过什么心。

有时候吃着饭,欢子就逗他:"爸,我小学在哪儿上的?中学呢?大学学的什么专业?"老爸不理,欢子继续挤对他:"您和我妈哪年结的婚?我是哪年生的?哎爸,我爷爷哪年走的您不会忘了吧?"老爸碗一推:"欢子,你直接问我一加一等于几。"

老爸在政府大院干了三十多年,五十多岁快退了还没个一官半职,娘儿俩丁点没有政府干部家属的优越感,去年才跟那些早起卖豆腐熬夜卖馄饨的大杂院街坊告别。

老爸根本搞不清这个家该怎么拾掇,以前工资是现金,经常半道儿上他就把钱"折现"了,有时候买一台小收音机,有时候是一把没开刃的宝剑,甚至还买过一只时尚的拉杆箱子,说是等自己退休了要拉着这箱子满世界潇洒地逛去。

欢子打懂事就认为老爸担不起户主这个角儿,大学毕业后只好自己打拼,憋着吃奶的劲儿终于买房买车。欢子打小没定过什么志向,都是水到渠成。当年撸胳膊挽袖摆摊子时,闺蜜说:"欢子你何必呢,找个潜力股呗。"欢子说:"还是自己干踏实,先保底儿吧。"

欢子在办公室泡了一碗面,用杂志盖着闷,正要吃,接到老妈电话,说是踩着凳子检查热水器摔伤了。欢子打火就往家蹿,给老爸打电话,电话里一遍遍执着地唱《吉祥三宝》。

欢子把车停在老年人活动中心的院子里,一挑活动室的帘子,看到老爸腰缠大红绸,头上歪戴着官帽,钻在竹编的毛驴肚子里舞得正欢。

欢子扯着嗓子喊:"爸,爸。"

爱国给欢子推销手机卡,给欢子的政策很优惠,前提是手下员工一人买一张。欢子说:"集体换号,这不改天换地吗,为我这点蝇头小利,还是算了吧。"欢子琢磨,这爱国提的一出一出都过分了啊。

爱国不走,坐在椅子上磨磨叽叽。这会儿电话还响了,欢子正忙,以为他会出去接,没想他接了,声儿还挺高,语气僵硬地告诉那头:"我们这是小店,不代交电话费,要拿现金,对不起再见。"

接完电话,爱国对欢子笑:"对别人不开展这业务,对您不会,上星期您夜里一个电话我就给您交上了,这叫区别对待。"

欢子放下手头的工作,想起前两天交费那事儿,意味深长地看着爱国,爱国开始挠头。

欢子把忘到脑后的这一百元手机费给了爱国,爱国拿着尴尬地站了一会儿,走了。欢子这头想,爱国你累不累啊,惦记着这一百元你直说呀,见天给我演一出,最后还叫你老婆打电话演双簧。欢子差点当面就说了:"爱国啊,你也就配卖手机电池。"

欢子打电话给大洋,大洋那头直接就是官腔官调,说陪领导在平遥呢。

平遥!欢子跟大洋说过,找个时间,最好能下点雪,两人在平遥住些日子,最后商定,也就蜜月能成。这是蜜月圣地啊,欢子几次路过眼角都不瞥一下,就怕蜜月的感觉不完整,大洋可好,带着些什么人就去糟蹋那块地了。

老爸一会儿打了八个电话:"欢子,鸡蛋在哪儿?""欢子,这热水器红灯亮了是啥意思?""欢子,咋把你妈屋整得再热点?""欢子,交电费的卡在哪?""欢子,我啥都找不到,我不敢问你妈,她躺在床上,我怕她急。"

欢子收到闺蜜的信息:"欢子,你定什么季节结婚,我在上海,好把我这伴娘的衣服添置了。"

欢子打过去:"到底结不结我这儿还悬着呢,你说这男人,他们全都怎么了?"

欢子这回有了教训,拿一百现大洋去对面交费,发现爱国店门没开,门脸前卧着几只野猫,这才想起公司门口几天没孩子扎堆儿了。

欢子问旁边卖汽水的老太,这老太太隔几天就跟爱国干一架,无非就是谁的摊儿占了谁的地儿,老太太骂爱国那叫一个强劲。欢子想到一个月前

爱国给自己演的那几出借钱戏，寻思爱国这男人鸡毛蒜皮的还真该骂。

问起卖电池的爱国，汽水老太太竟抹上泪了，说是爱国老婆的弟弟三天前查出了白血病，爱国连夜把店兑出去，拿着现钱带内弟上北京去了。老太太说爱国这孩子多仔细啊，一分钱都惦着，遇到这么大的事儿，眼都不眨一下。

爱国的事儿感化得欢子心里憋闷，就给大洋打过去。大洋最近还在灯红酒绿，冷落欢子时间不短了，欢子顺便也撒撒气。

大洋借着酒劲儿喊："欢子，男人不容易，把你的那些测试题都收了，别一棍子打翻一个再一棍子打翻俩，男人关键时刻有表现就成。欢子，给那个叫啥爱国的打一万块钱，就说是，就说是大洋好男人基金会拨的。欢子，从我账里划。"

这边欢子都流泪了，说："大洋，那我看上一件皮草你都舍不得买。"大洋倒是一点都不含糊："欢子，咱有钱用在刀刃上，你那么漂亮，穿啥皮草！你不穿草皮都好看，这皮草也不是不买，咱结婚了奖一件。"欢子说："大洋，你这算求婚吗？"大洋说："欢子，酒壮英雄胆，我改天单腿跪地给你送花。"

欢子回家的时候，远远看到老爸笨手笨脚推着老妈遛弯儿，老妈在轮椅上被这老头子的驾驶技术弄得一惊一乍，倒是脸上挂着笑。

欢子到跟前调侃老爷子："今天您没去骑毛驴啊？"老爸手一扬，眼一瞪："骑，当然骑，毛驴的位置他们给我空着，争取赶紧给你妈把腰养好了，元宵节我就骑毛驴上街演去。"

老爸一时得意拉了几句京腔，然后停下来问欢子："欢子你结不结婚啊，什么时候结？"

欢子学老爸手一扬眼一瞪："结，当然结，马上。"

一根葱

刘　玲

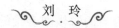

基本上是小惠一个人说,我在听。

"他电话里告诉我,早上六点下火车,再转大巴,到家大概是八点,要我在家里等着。打电话的时候已经午夜,我几乎一夜未眠,半夜看了好几次手机,生怕错过他的信息或者电话。当我得知他没有买到卧铺,要站一夜的时候,那种心疼的感觉,只在儿子身上有过。你是知道的,我爱他。

"早上,我提前送儿子到幼儿园,就开始为迎接他做准备。每次他来,我都要准备,他喜欢喝茶,喜欢泡脚,喜欢听歌。但今天,我当然更用心一些,因为他从千里之外回来,不回家就到我这儿,风尘仆仆,又坐了一夜的车,我能不用心吗?

"我知道,你对我这种做法很不屑,看不得我在他面前卑微的样子,我也没办法。我再说件事,你更鄙视我,我甚至为他买了二斤牛肉来炖,因为他说过,他喜欢吃炖牛肉。你也知道,我不擅厨艺,炖牛肉对我来说,不亚于现在重拾数理化。更主要的是,炖牛肉要很长时间,我们在一起,很少能耳鬓厮磨至炖熟一锅牛肉。就是说,每次都是掐着时间,很匆忙,尽量在有限的时间做一些很相爱的事。奢侈地把时间用来吃饭,很少有过。

"你不要用这样的眼神看我,我明白你要对我说什么。我刚刚说到哪儿了?哦,炖牛肉,在超市买的时候,人家不给切,为此,我又买了一把刀,专门

切牛肉的刀。我是这样想的，如果这次我做成功了，以后，我会经常做给他的，所以，买一把刀是很必要的。更让你看不起的是，买完菜回到家，我就忙着上网查询西红柿炖牛肉的做法。上网查询做菜还是你教给我的，而我，只这样用心地对过他。我查了不下几十种，我为我只能做最简单的一种而感到对不起他。

"还没开始炖的时候，他来了，一脸的倦意。我羞涩地笑笑，轻轻地靠过去。他揽着我，虽然也是轻轻地，但，这样就够了。我感觉自己就是等他回家的小妻子，这种感觉要在恰当的时候加上我的幻想才会出现。每当两个人很有气氛，要有这种感觉的时候，他就会设法提醒我注意。他甚至跟我讨论过足球场上的'越位'，越位的时候，他负责吹哨子。

"我警告你，请你看在多年哥们儿的情谊上，不要再用这种一边嘴角翘起来冷笑的方式对待我，你知不知道这很打击我？你再这样，我可不说了。"

我不用圆场，甚至不用收起对她又爱又恨的嘲笑，小惠又接着说了。

"他享受了我给他准备的热水澡、中药泡脚、菊花茶，然后我带他到厨房看自己的作品，扑鼻的先是米饭香，牛肉和作料像艺术品一样摆在案头。他没有想象中的惊喜，愣了一下，神情立时恍惚，这种恍惚让我心头一冷——他每次要走又不好意思说出口时，才会有这种恍惚。每当他有这种眼神时，我都会善解人意地说，快走吧。他会歉意地笑笑，在我额头吻一下匆匆离开。

"我让他看炖牛肉的调料，意思就是告诉他，我认为你今天会在这里待的时间长一些，所以我准备做这道菜。难道不是这样吗？家里一定不知道你回来了，是不是可以放纵一点时间？

"他不仅恍惚，甚至开始不安，走来走去，并翻动着案上的作料。突然，他问，怎么没有葱？我一愣，是啊，忘记了。没有葱怎么炖牛肉？他说，顿了顿又说，这样吧，牛肉就别炖了，简单炒个菜吃点米就行了。然后又说，不行，没有葱炒出来的菜没味道，要不吃泡面吧，现在就开始泡，快点，我饿了。

"这时候，他的电话响了，他抬头看看我，我没有像往常那样知趣地走开,而是定定地看着他。他接起来,说一会儿就到家,估计对方追着问具体的时间,他说一小时后。你知道吗? 这个时候我也想一个嘴角翘起来,嘲笑一下。原来,他是通知了家里的,对我,只是打了一个擦边球——给我一小时的时间,这一小时可能加给晚点的火车了。

"他仍在说,哪怕有一根葱,这顿饭就能做,少了这根葱就可惜了这点牛肉了,还是不吃饭了吧。事实是,他说这根葱的时候,语气并不遗憾,而是如释重负。我相信,即使真的有葱,他也会找出另外一种短缺的作料,一种可有可无的作料。

"他躺在床上,努力流露出因为吃不到炖牛肉而有点遗憾的神情,我坐在床边玩魔方,两元店的劣质魔方很难翻转。我低着眼睛装出很专注的样子,手臂压在胸前,轻抚着自己孱弱的心跳。他还在埋怨我没有买葱,我突然爆发似的,用头顶着他裸露的胸肌,嘴里像平时那样哈哈大笑,手捂着他的嘴——他正为自己再也找不到合适的语言说服我,不吃这顿饭是因为我的失误,而立时停止说话,很自然地过来吻我。

"结果,又和平时那样,我们在一起做了'相爱'的事。他很投入,我以为我的心痛会让他收敛这份兴致。到后来,我也装作很尽兴,这一个小时,不就是为了达到这种效果吗? 和他在一起,再怎么着,终极效果是要有那样一种画面,像一部电影的名字的画面,《看起来很美》,对,就是这样,他一定也这样想,看起来很美。

"我在他面前从来没有哭过,如果哭,我会觉得对不起他,因为他会有负担,我想让他觉得我是个没有要求的女人。

"他走的时候,又回头一次,轻轻地抱着我说:'出去走走,你这样我会不放心的,我走了,你不能一个人躺在这儿。'如果我哭,我要求,也许,这五年的时光,不会一直停留在这样理智的阶段。他,说走就走,说来就来,我,从不强求。

"你知道吗? 他走了以后,我当真顶着烈日到街上买葱了,我到厨房看到自己精心准备的肉、料,有点冲动地觉悟,为什么不自己好好吃一顿? 因

为已经过了买菜的时间,我跑了好几个路口找菜摊儿。我穿着睡衣,急急地走着,谁会想到我这个讲究的女人这样失态地奔走,是为了买根葱呢？买到以后拿回家,我用刚买的刀剁啊剁,剁的案板都起痕了,边剁边……"

"流泪了吧?"我接了一句。

"谁剁葱不流泪呀?"小惠转脸看着窗外。

天堂伞

亦 农

第三次恋爱失败,他几乎崩溃。望着马路上飞驰而过的车,他想只要自己突然向前跨一步,一切就都结束了!

那个有雨的黄昏,他一个人站在街角,望着车来车往的大街,脑海一片空白。头发湿了,衣服湿了,心碎了,满世界的雨下个不停。

——没有爱情的世界,不是人间天堂,是人间地狱。

"喂,没带伞吗?"背后传来一个轻浅的声音。他回过头,看到她。她打着一把伞,亭亭玉立,眼睛里水波荡漾。

"没关系,淋一次雨也好!"他佯作平静。

他和她已经做了三年同事,她一直像风一样无声地来又静悄悄地走。如果不是街角的这次邂逅,他可能还像从前一样不会注意她。

一起走了一段路,分手时雨已停。她却依旧打着伞。她的头发很黑很长,她的肩是瘦削的,细腰。她的腿很长,像锥,穿一双小巧精致的鞋。望着她打伞的背影,他觉得世界忽然敞亮起来。

他开始关注她,她永远那么安静,在办公室轻手轻脚行走,见了面也只是浅浅地微笑。她工作很努力,总能出色地完成任务。偶尔一错肩,他会发现她脸颊升起的两片红晕,害羞的女孩总是最美的!

吸引他的还有她打伞的样子。她似乎很爱打伞。下雨天,她打一把小

花伞,有时候是一把橘黄色小伞或者小红伞;艳阳高照,她打一把小白伞,有时候是一把银灰色小伞或者天蓝色的伞。

他爱看她打伞的样子,甚至暗自后悔以前怎么就没有注意过她。他们在同一幢写字楼,同一楼层,同一个开放式工作间。这里共有三十六个员工,可是为什么他以前就从来没有注意过她!

过去三年,他一直忙于追逐爱情。他付出了全部,最后却输得一塌糊涂。而她一直在他周围,安静得像云,或者像一只温顺的小鹿。其实她蛮可爱的,眼眸清澈,肌肤白净,偶尔也会咯咯地笑。她脚步轻灵像一股春风,在你不知不觉间划过去。

近处无风景,那是因为——人们总是把注意力投给远方。

一个细雨霏霏的傍晚,他鼓足勇气约她喝茶,她竟答应了。从茶室出来,她小鸟依人般走在他身边,撑着一把碎花小伞。他说:"你打伞的样子很美!"她恬静地笑了,脸颊上又浮起两片潮红。一刹那,他从她的眼眸中还看到了一丝闪烁的泪光。

他们恋爱了。接下来的路顺风顺水,半年后他们结婚了。

当祝贺的客人都离去,世界只剩下他俩时,他开心地望着自己的新娘:"记得吗?那个下雨的黄昏我们邂逅。那是我第三次恋爱失败,心情糟糕透了。我们一起走了一段路,看着你撑着小花伞离去的背影,我突然觉得这个世界还是敞亮而美好的!"

她点点头。他又说:"从那以后,我就开始注意你了。我发现你特别爱打伞,下雨的时候,有太阳的时候……为什么呢?"

她以深潭般的明眸望着他,半晌才说:"跟我来!"

她带他来到一个衣柜前,那衣柜是她的陪嫁。打开衣柜,他吃了一惊,整整一个衣柜都是伞,小花伞、小红伞、橘黄色的伞、天蓝色的伞……在最外面是一把漂亮的碎花小伞。

"你这么喜欢打伞,到底是为什么?"他不解地望着她,希望她能给出一个可以说服自己的理由。

她说："记得吗？你曾经说过一句话：'你打伞的样子很美！'"

"我说过。"他说，"那个细雨霏霏的傍晚，我们从茶室出来，你撑着一把碎花小伞。"

她摇摇头："不对。"

"不对？"他疑惑地望着她。

"三年前，我刚大学毕业来到这家公司，单位组织郊游，我无意中从同事手里接过一把杭州出的天堂伞打着。你告诉我——'你打伞的样子很美！'"

此时，他忽然才发现，柜子里所有的那些伞，小花伞、小红伞、橘黄色的伞、银灰色的伞、天蓝色的伞，还有那把碎花小伞，全是出自杭州的天堂伞。

紫薇花开

王 艳

　　假期里，二姐在国外上大学的闺女要回来。

　　这个要回来的小妞儿，算来今年二十一岁了。请原谅，我一意孤行地称她是个小妞儿。她出生的时候，是深秋，在县城医院那个冰冷的产房，她小猫一样蜷曲在姥姥枯瘦却温暖的怀中，那么弱小，那么乖巧，犹如这个世界上最不经触碰的一件宝物。就是这个小宝物，抚慰了她正值事业低迷而不坠青云志的励志父母，抚慰了那个秋水长天的季节，使那间单身宿舍蜕变成了一个完整的家，一个温馨的港。那么娇小的散着香的一个小人儿，却那么强有力地撼动了我们的日子、我们的城、我们的生命。

　　那时，我常常看望小宝物，每一声丁零零的笑、呜咽咽的哭，都会引起我的重视。那时我不是诗人，也不是哲人，这个小可爱，却让我懂得了单纯剔透，这只有孩子才具有的稀有品质，让我信了上帝说的"除非你是孩子，否则，你决计进不了天国的大门"。

　　后来，是在一个夜色四合的傍晚，她们一家，带着家什，乘一辆蓝色的大卡车离开了。小宝物甚至连主动说一声"再见"还没学会，晶莹的黑眼睛，安然恬静地看着这一切。我站在橘黄色的路灯下，影子凝成短短的一截黑色图案。我有些小小的伤感，断断续续地思念着她那不设防的纯纯的人类最初的表情。这以后，这个和我有关的小小人儿，从一个城市到另一个城市，从一个国度到另一个国度,独自成长着。

我走在街上,一路都是玫紫色的花,开得活泼娇媚。我这就去给她买礼物,我甚至有一点骄傲,还有一点担忧。在那个不说汉语的国度,衣食起居、朋友同学、风土人情,改变了她什么?她还能和过去一样,搂着我的脖子,芬芳的小脸散发着苹果的香?她还能把不小心洒在餐桌上的米粒,毫不迟疑地一一捡到饭碗里吃掉?

我焦头烂额,在商场徘徊复徘徊,似乎无力了解"90 后"女孩子的审美,最后只好颓然地买了件好看的睡衣。付钱时,我犹豫了一下,担心见过大世面的她嫌弃低廉,但还是打包买了。

还是在昏黄的路灯底下,夏季的夜风温婉清爽。她,笑着,向我走来,搂住了我的脖子。一点没错,还是那个小宝物,芳香的小脸,柔弱的胳膊,纯净透明的笑,温软亲昵,仿佛这个涂着美艳丹蔻指甲、穿着黑色吊带的小美女,从来没有进过柏杨说的那个大染缸,而是灼灼开放在周敦颐文字里的莲。一点没错,这就是难以言说的那种纯正情感,是赤子,不是说海外人士爱国的那个赤子之心,而是老子说的毒虫不蜇害他、猛兽不伤害他、鹰隼不搏击他那个修养深厚的人。

她不疾不徐地说着,声音好听,神情淡然。她说同学中有人粘贴三层眼睫毛到酒吧喝酒,作业让男朋友代写。而她,搬家肯定是一个人拎着大箱子上下楼,一个人顾着冷暖。她眼睛里有忧愁,也有超然。我们用心疼的目光把她包裹起来,她笑笑,说:"木(没)事儿。"这是她刚学会的略显生涩的家乡话。我真喜欢她的这种做派,坚强,豁达,还有让人踏实的素朴和懂事。我们彼此默契地恪守着某种传统的观念,不随便、也不过早地让女孩子谈男朋友,怕上当。而这个小宝物,冰雪聪明地领会和践行了这个传统。我迟疑着,不知道这是对是错,我再次感到了自身的无力,一种对变幻莫测世界的难以预料。

我感觉到了老,可怕的老。望着这个清俏的素颜美女,我其实是感觉到了自卑,"90 后",整个所有社会都应该感到的自卑。

偌大的中原,她只去了开封和洛阳。我把这看作是她对家乡、对亲人深沉思念的一种解释。在那些灰色陈旧的砖瓦旁,她美艳的手指审慎地触摸着,用一份青涩的理解思考着。在遥远的异乡,落雨时,她是不是望着迷蒙的窗外独自黯然过?风起时,裹着裙衫袅袅而行,可有儿时的歌声萦绕耳畔?当对陌生的景致逐渐熟悉,对陌生的人文逐渐了解,而熟悉了的一草一木一蔬一食,是否藏匿着来自东方的某种神秘情愫?

浆面条,她一直保持着对这种街头小吃的念想。她一小勺一小勺吃得很慢很斯文很淑女。她这次回来,对任何食物,哪怕是一块普通的馒头,都吃得缓慢、沉默而用心。她说,自己常常一次蒸一星期的米饭,每每下课回到住处,人疲乏至极,只盼望微波炉加热剩饭剩菜时"叮"的一声。她说得非常漫不经心,还是那好听的声音,有着纯正中国瓷器质地的声音。

我发现,她最恐惧的是过马路。成群结队的汽车、快速疾驶的电动车,让她惊慌万分。绿灯时,她必紧紧抓住我的手臂才敢通过。我发现,嘈杂的街道旁,她旁若无人地阅读野夫的散文集《乡关何处》,并且非常不擅长给别人找麻烦。在夜半,她悄无声息地忍受三十八度的高烧。

她停留的时间很短,匆匆的,如一阵转瞬即逝的风。收拾行李时,我瞥见她把包着的新睡衣,珍贵地放在旅行包里。我谢谢小宝物,她让我看到,有一种品性,可以保鲜二十多年之久。

送她那天,她安静地靠在我的肩头,缓缓地说着学费的昂贵,说着两年后的就业,说着下次回来的遥遥无期。其忧郁,与这张青葱小脸,不相符合。我闻着这熟悉的苹果芳香,痛恨着世上的离别。她说,声音很低:"我想一边上学一边找兼职。"不过,随即就说了:"没事儿。"眼睛去看窗外盛夏时节郁郁葱葱的田野。我握着她柔滑美丽的手,无言。我不是她母亲,那一刻,我冒充了一个母亲的担忧与自豪。这样的一个女孩子,真舍不得放她去这个险滩重重的社会,但是,按照规律,我们毕竟要死在孩子们前面。若爱她,请放手。

不久,大姐的儿子打电话,他在另一个城市,要赶在暑期回老家看父母,我几近受宠若惊。这个曾被父母打过无数次的叛逆少年，这个早已过二十四岁本命年，还迟迟不找媳妇的小伙儿，其倔强其顽劣，曾让我们举家十几口人心里五味杂陈。然而，不管怎样希望又怎样绝望，他毕竟还是凭着一颗孩子的心，奔父母来了。

我再次走在街道上，思忖着给孩子买礼物。街道旁的玫紫色花儿依旧活泼泼地开得耀眼，把整条路整座城都烘托得美轮美奂。我上前看了看树上的吊牌：紫薇，又叫百日红，双子叶植物，花期六至十月，耐旱忌涝，喜阳光。这花树，莫非就是为在外求学的孩子和殷殷期盼的父母而盛开？

抽烟的女人

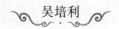
吴培利

咖啡厅里,女人坐在卡座上,左手食指和中指的指梢儿夹着烟,叼在嘴角,烟头微微上翘。她深深吸了一口,眼睛微微眯起,淡淡的烟圈儿缭绕着从鼻孔冒出,徐徐放大。

一时间,很静,这寂静是两个人制造的,似乎连呼吸都成了轰鸣。男人一言不发地望着女人,只觉得她吸烟的姿势很熟悉,酷似身边的哪个人。是谁呢?男人把记忆搜干刮净,也没有想起来。他觉得这个女人,再也不是从前的单纯小女生了,先前与女人重逢时点燃的热情之火,渐渐平息。

时间的每一刻每一分每一秒,就像是一座驿站,是旧的结束,也是新的开始,只是你永远无法预知那个钟点而已。那天早上,女人出门买早餐,突然就和男人撞上了。男人曾经设想过许多重逢场景——在超市卖场、咖啡厅、酒店、大街、某旅游景点,就是不曾想过他和她会重逢在早点铺。

男人和女人曾经谈过一场似是而非的恋爱。从此,这个女人让他忘不了,擦不掉,像钉子一样牢牢地嵌在脑子里。他的离婚,就是因为总是抹不掉她的影子,她埋伏在他的生命里。

恋爱的季节,男人与女人曾在一家工厂打工。他们同一天进厂,被分在同一个工段,他在早上,她在下午。她作自我介绍时,大大的水水的眼睛只敢瞅着地面,脸蛋微微发红,鼻尖冒出了细小的汗珠。那水水的眼睛、鼻尖上的细汗深深吸引了他。他约她吃饭，约她逛街，约她看电影，约她去咖啡厅，约她爬山，约她坐云霄飞车……凡是他想去的地方，都想带着她一起经历。

女孩喜欢写诗。那些诗歌稚嫩清新，就像女孩纯净的心。他有点被迷住了。有一次，他捉住她的手，让她闭上眼睛，在她的掌心快速画了个心形。她问："是什么？"他说："猜猜看。"她猜了半晌，也没猜出来。于是，他只是嗔怪她笨，答案含在嘴里转了转，没有吐出来。因为他马上后悔了——假如娶了她，我们会连吃一碗几块钱的烩面都仔细掂量的。是谁说过，没有钱，爱情就会寒酸和粗糙！

是啊，年轻的男孩谁没有点野心呢？他的父母亲都是普通工人，家境清贫，难道他也要守着清贫过一辈子？他长得高高帅帅，很多女孩对他一见倾心，其中不乏家境优渥的女生。如果能够凭借婚姻令自己出人头地，难道是机会吗？他对她只是一种纯粹的喜欢而已，如果真的谈婚论嫁，他不可以选择她——因为他们是同类项，都属于弱小而微的蚁族。

是他亲手把她推开的。那天，他约她一起吃夜市。他点着一支烟，故意平淡地说："我妈安排我相亲了，女孩家境不错，家里有厂。"她长长地"哦"了一声，声音平静："那就交往呗！找到这么有钱的老婆，你可以少奋斗很多年了。"

毕竟，他们的交往只有短短两三个月，没有亲吻，没有拥抱，也没有情意绵绵的牵手和海誓山盟的承诺，一切似是而非，犹如蜻蜓点水。他很庆幸把分寸拿捏得恰到好处，可以在这场恋爱里潇洒地全身而退。

他说："我们还可以做普通朋友，对吧？"

她淡淡地说："我们本来就是普通朋友。"

从那以后，他们没有再见面，也没有通过电话，朋友显然是没法做的。后来，听说她结婚了，老公是从前的同事。再后来，又听说她离婚了。这期间，他也结了婚，又离了婚。

她一直边打工边写作，工作换了几换，干洗店、餐厅、超市都待过，只是

心底的梦想没有变,成了郑小琼一样名气响亮的打工诗人。男人发现,他迷恋的,就是她身上散发的精神魅力,那不是每个女人都具备的。

此时,女人又点着了一支烟。男人望着那熟悉的动作,心里又是一番折腾:她从前是不吸烟的,是谁改变了她? 肯定不是她的前老公,他认识那个人,不但他自己不抽烟,还极力反对别人抽烟。

男人有些气急败坏,感觉有点看不真切眼前的女人。他走进卫生间,拧开水龙头洗了把脸,试图让自己清醒。然后,他从衣袋里掏出烟盒,弹了弹,磕出一支烟来。他从墙上的镜子里,望见自己左手食指和中指指梢儿夹了烟,叼进嘴角,点燃,眯着眼,深深吸了一口,烟头微微翘起,烟从鼻孔慢慢涌出。他怔了怔,把烟掐灭,再一次两次重复这动作,然后忽然冲了出去。

"我们重新开始,好不好? 我知道你一直没有忘了我,你吸烟的姿势和我一模一样!"男人急切地对女人说。

女人吸烟的手僵在半空,想了想,说:"我们都不是从前的自己了。"

这么多年,她就记住了他推开自己那天的吸烟动作和姿势。她开始尝试吸烟,一遍遍地模拟他的动作,最后成了习惯。然而,相遇后她才明白:从前深爱的,未必现在依然深爱。因为相处过,她更清楚眼前的男人不适合自己。

该戒烟了吧? 一个念头从她脑海蹿出来。

我爱你的爱

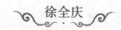

徐全庆

孩子上大学去了，李玉芬像一只温柔可爱的玉兔，静静地躺在丈夫叶青平怀里，与丈夫一起回味过去那些幸福的岁月。"你说，你那时怎么会爱上我的呢？"李玉芬满含期待地望着叶青平问。

叶青平神秘地笑了一下，没有回答。

"你说嘛。"李玉芬晃着叶青平的胳膊，撒着娇说。

叶青平犹豫了一下，不知该怎么说，因为那时不是他先爱上李玉芬，而是李玉芬先爱上他的。

叶青平和李玉芬只是大学校友，不在一个班，叶青平却喜欢上了李玉芬班里的一个女生。那时候男女之间谈恋爱还不太敢光明正大地谈，更何况叶青平对女孩只是朦朦胧胧地喜欢，还说不上是爱，所以更是和谁也不敢说。恰好李玉芬班里有个男生是叶青平的朋友，叶青平就经常去找那朋友，目的只是多看那女生一眼。去得多了，有一次，朋友问他："你经常往我们班跑，该不是看上我们班哪个女孩了吧？"

叶青平的脸立刻红了，他故作生气地说："你瞎说什么呢！不喜欢我来我下次不来了还不行吗？"

朋友忙堆起满脸的笑容，说："跟你开个玩笑，怎么就生气啦？"顿了一下，又小声对叶青平说："不过，我们班还真有个女孩看上你了。"

"瞎扯什么呀?"叶青平说。

"真的,不骗你。"朋友向旁边一努嘴,小声说道,"就是她。"

叶青平看过去,于是就看到了李玉芬,她正好也向他看过来。四目相碰的那一刻,两人都慌乱地把目光移开。过了一会儿,叶青平再次向李玉芬看去,李玉芬一袭白衣,和她同桌的一身黑衣形成了鲜明的对比。模样倒也周正,但却远不如她同桌漂亮,也不如叶青平心里偷偷喜欢的那个女孩好看,这让叶青平心生一丝遗憾。

再去找朋友时,叶青平就不由自主地向李玉芬多瞟几眼,越看越觉得李玉芬耐看。李玉芬有时也会看向他。两人的目光从开始的慌乱躲避,到渐渐有了交流,再到热辣辣地相望,叶青平终于和李玉芬走到了一起。

婚后,两人互相关爱,互相体贴,小日子过得和谐美满。有时,叶青平也会想,如果当初李玉芬不先爱上他,那他会爱上她吗?应该不会吧,他在心里默默地说。

现在,李玉芬突然问他当初是怎么爱上她的,叶青平望着李玉芬柔柔的目光,忍不住捏了一下她的小鼻子,说:"你呀,什么时候也变得虚伪了,那时明明是你先爱上我的呀。"

李玉芬娇嗔地哼了一声,说:"明明是你先爱上我,你还不好意思承认。那时你经常偷偷拿眼睛看我,你以为我不知道呀?说实话,那之前你虽然去过我们班多次,我根本没有注意过你,对你也没有任何感觉。后来,你老是拿眼睛瞟我,我就知道你爱上我了,我喜欢那种被你爱的感觉,慢慢地就喜欢上你了。"

叶青平听得一愣一愣的,心说,怎么会是这样呀?

李玉芬轻轻点了一下叶青平的头,接着又说:"还记得我的同桌吗?就是那个经常穿一身黑衣服的女孩,那时她倒是偷偷喜欢过你。"

叶青平的心里就抖了一下,原来朋友说的那个爱上他的女孩是李玉芬的同桌,只是他看过去时恰好李玉芬在向他看,才让他误会成李玉芬了。那女孩娇美的面容又浮现在叶青平面前,叶青平想,如果当时知道爱上自己的是那个黑衣女孩,那结果又是什么样子的呢?

新　生

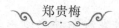

郑贵梅

　　新生昨晚一夜未眠,刚进入迷糊状态就被开门声惊醒了,虽然声音很轻,他还是听见了。母亲又悄悄地起来做早饭了,他也连忙起床和母亲一块儿包饺子。

　　煮好的饺子端到桌上,母子二人坐到饭桌前谁也不动筷子。母亲叫新生吃,新生叫母亲吃。新生拿起筷子夹饺子,却发现母亲坐在那里目不转睛地看着自己,连忙问道:"妈,你怎么不吃饺子? 来,一块吃。"说着从桌子上拿起筷子递给母亲。

　　母亲摇摇头:"我不饿。你先吃吧,我看你吃就行。"

　　"那怎么行? 你不吃我也不吃。"新生撒娇般把筷子又放在了桌上。

　　"这孩子,叫你吃你就吃,哪儿那么多事儿?"母亲说着,只好拿起筷子夹了一个饺子放进嘴里,脸上的泪水却止不住地淌了下来。

　　新生也默默无语地扒拉着碗里的饺子。

　　忽然,母亲剧烈地咳嗽起来,饺子卡在嗓子里咽不下去吐不出来,顿时脸色青紫,上气不接下气,慌得新生连忙给母亲捶打前胸后背,又倒了一杯水给母亲慢慢喝下,母亲才缓过劲儿来。

　　新生一边用纸巾给母亲擦拭脸上的泪水鼻涕,一边关切地问母亲:"好点儿没有?"母亲长长地出了一口气:"好多了。老气管炎了,一着急就这样,

没事儿。我只是想起了旭东……"

"旭东哥也……"

"你旭东哥走时连饺子也……"母亲说着又抹起了眼泪。

"妈,你要是这样,我旭东哥心里一定不踏实,走得也不安心。"

新生跪倒在母亲的面前:"妈,您放心!我的生命是旭东哥给的,旭东哥的母亲就是我的母亲,旭东哥的责任就是我的责任。您永远都是我的亲生母亲!我会侍奉、孝敬您一辈子!"

这时,外面隐隐约约传来汽车驶来的声音。母亲连忙把新生拉起来:"这孩子,说什么呢?妈当然信你。时间不早了,快点儿吃吧。"

新生又拿起了筷子。

汽车声越来越近,汽车喇叭也响了起来。

母亲说:"新生,准是他们催你走呢,你快多吃上几个。"

新生说:"妈,我吃不下去了。我该走了。"

嘀嘀!

嘀嘀!

喇叭声越催越急。新生背起了包:"妈,我走啦!您自己要多多保重。"

"你放心吧,到了一定给我打电话。"

新生点点头。母亲又匆忙把盘子里的饺子装进食品袋,塞进新生的包里。

外面的喇叭声再次响了起来。

母亲把新生送出门外。新生向母亲告别:"妈,您快回去吧,我一定回来……活着回来……"

新生说不下去了,从怀里掏出昨晚连夜编织的红色中国结挂在母亲的胸前,然后坐进汽车。车内收音机里的声音渐渐远去:"今早八点,龙城的志愿者们,将奔赴地震灾区……"

后来有一天,母亲正坐在家中沉浸于回忆,泪水不知不觉流了下来。恍惚中她突然听见有人喊妈,不觉一愣,难道是新生舍不下我这个孤老婆子又回来了？又感觉声音不像是新生,忽然她哑然一笑:是自己舍不下新生,想的吧?

妈!

这回听得真真切切的,是有人喊妈。

母亲走出房门,看见一个陌生小伙儿走进来,不禁狐疑:"你是……"

"妈,我是被新生哥救出来的孤儿……"

妖精遭遇爱情

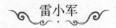

雷小军

朋友们都喜欢称她,妖精。

被称为妖精的女人,往往娇媚动人,风情万种,至少,脱俗如昙。她,也不例外。

不同的是,她除了拥有妖精的容貌、妖精的迷离、妖精的梦幻,还有,就是能够用手中的笔,将人间的冷暖、心中的游丝,化为纸上墨香,不断演绎出万千柔情,她是一个饮了文梦浓酒的写字妖精。

能够写出些文字的女人,即使孤独,也不愿放弃心中那点固执的浪漫。于是滚滚红尘里,踽踽独行中,她美丽苍凉的眼睛里常常写着淡淡的落寞的笑容,单薄消瘦的背影柔柔地挺直成一束风景,沿途寻觅着古代书生的似水柔情。

一天,一个常读她文字的男人在网上叹道:"感性的女人一生痛苦,理性的女人一生孤独。唉,妹妹,你怎么都摊上了呢!"

网络这端的她,突然就潸然泪下。

情人节那天,她独坐窗前,寂寂夜雨声里,一如既往地独自倾听孟庭苇的《一个爱上浪漫的人》。她幻想读自己文字的那个他,会是如何的一张面孔,会拥有怎样的一腔柔情……

那个曾让她潸然泪下的男人,捧着一支娇艳的玫瑰,含笑踏过月下斑驳的梧桐疏影,来到她身旁,告诉她,他愿意,做她的千手观音。他知道,她信佛,犹敬观音。她曾经告诉过他,千手观音表示法力无边,智慧无穷,可以拯救众生于危难。

望着他凝满深情的深潭似的眸子,她的心突然就有一种近乎痛楚的颤动。她想起他的话:"想她的时候,心里,痛得难以忍受。"

是这种感觉吗?她不知道。

她只知道,面前这个男人,或许会将她拉出孤独落寞,会给她带来更多的笑声。于是,顾不了许多,她送上了自己的小手。

妖精成了男人一个人的妖精。

日子,一天天在脚下延伸。陪他上网。陪他吃饭。陪他去他想去的地方。陪他做他要做的事情。她的生活突然变得忙碌,突然有种琐碎到近于无奈的充实。

那些曾经打动了许多人心灵的文字,渐渐少了。开始是没有时间写,后来是没有心情写。再后来,是有了心情,却没有了写的能力。妖精没有了文字,便没有人再叫她妖精。人们逐渐淡忘了她。偶尔,她举起纤纤素手,敲打在曾经熟悉的键盘上,却再也敲不出细腻如风的心情。她开始惶惑,开始不安,开始重新审视自己的生活。

当激情不再,矛盾便如细碎的秋雨,飘飘而来。望着他熟悉到陌生的脸,她再一次潜然泪下。却,不是因为感动。

情人节,男人外出喝酒去了,独坐窗前,寂寞的梧桐疏影里,灿烂的烟花一朵朵开满夜空,她翻遍书柜,从尘埃里找出了那盘歌曲——《一个爱上浪漫的人》,孟庭苇凄楚的歌声悄然游出,将她拉进了过去的恍然迷梦。

透过窗户,落寞地痴望着朵朵转瞬而落的璀璨美丽的烟花,她终于明白,爱情,就像空中瞬间绽放的烟花,缥缈,美丽,动人,但短暂,脆弱。

望向镜中渐枯的青丝,她轻轻地告诉自己,当妖精遭遇爱情,要么变成凡间女子,低眉垂首,安心琐碎,忘记自我;要么,找回自己,捡起心情,月白风清,衣袂飘飘,绝唱千年,做个永远不老的写字妖精。

　　终于,她选择了后者,与他走进了曾经笑语晏晏地来过的民政局大厅,撤去了那一纸曾托起无数期冀的纸片。

　　望着男人渐去渐远的身影消失在庸碌的街头,一缕莫名的惆怅悄然爬上她的心头。

　　但她没有哭。她独步归家,坐在电脑桌前,依然做起了妖精梦。

　　若干年后,越来越多的人开始循着她的文字,知道了这只寂寞的精灵。忽然,有一天,又有人问她:"可以送你一支玫瑰吗?"

　　妖精的眼睛一下子迷离起来。

　　她渴望成为一个人的妖精,但那人,会不会又一次无情地将她的仙衣褪去,再次将她变为凡间的女子?

十字街口

李德霞

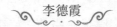

昌顺路十字街口有个自发的劳务市场。

每天从早到晚，等活儿的男人们聚在这里，多则五六十人，少则二三十人。雇主一来，男人们"呼啦"围上去，争先恐后，生怕错过机会。而大部分时间，这些人三个一群，五个一伙，或聊天，或下棋，或打扑克，借此消磨时光。人群中，只有二崔另类，独自坐在市场边上的那棵冬青树下，一会儿看看天，一会儿看看过往的车辆和行人。二崔来这个市场快两年了，按理说也是个老资格了。可是，二崔的一条腿受过伤，人长得瘦弱，话语又少，所以显得很不入流。好多不错的活儿轮不到他，他也不争不抢，心甘情愿干一点别人不愿干的活儿，赚点儿小钱。

日子水一样流淌。

这天一早，一辆大货车从远处轰隆隆而来，车没停稳，前面的男人们便一窝蜂拥了上去。车上装着雪白的卫生纸，一袋一袋码得齐整。大家伙儿都知道，卸卫生纸这活儿不错，不用下苦力，赚钱还不少。谁都想把这活儿揽到手。

站在最前面的大老黑伸出粗大的手，把几个人扒拉到一边，然后扭脸朝市场边那棵冬青树下看，边看边喊："二崔，你过来！"

二崔已半蹲起身，正朝着这边张望。想一想，他已经有三天没揽到活儿

了,巴不得司机冲他招手。听到大老黑的叫声,二崔伸了伸脖子,脚却没有挪动。前边的六子不乐意地冲他喊:"你个瘟鸡,聋啦? 黑哥叫你呢!"

大老黑是市场公认的头儿,黑不溜秋,壮得像铁塔,大家伙儿都叫他黑哥,好多事情都是他说了算。二崔忙不迭站起身,诚惶诚恐地来到大老黑跟前,不相信地说:"黑哥,你叫我?"大老黑说:"这活儿适合你干,你去吧。"二崔还是有点蒙,用手一指自己的鼻子:"我?"大老黑推他一把说:"别磨叽了,快上车!"直到这时,二崔才明白过来,大老黑是要把卸卫生纸这活儿让给他干。之前,大老黑可是从不多瞧他一眼的。二崔心里一热,有泪在眼眶里转。二崔冲着大老黑弯一下腰,转身连滚带爬地上了车。大货车一溜烟驶离了市场。

站在大老黑旁边的三毛左一眼右一眼地盯着大老黑看,看了半天说:"黑哥,不对呀,这么抢手的活儿,你咋让给了二崔那货,你没弄错吧? 嘿嘿,该不是二崔跟你攀上了啥亲戚?"

大老黑一摆手:"扯淡,我跟二崔八竿子打不着。"

号称算破天的四平咧一下嘴,一脸坏笑地说:"嘻嘻,黑哥八成是看上二崔的老婆了吧? 听说,二崔的老婆长得不赖,很有几分姿色哩……"

大老黑一张黑脸更黑了:"放你娘的屁,再敢胡咧咧,老子叫你爬着走你信不信?"四平吐一下舌头,赶紧闭了嘴巴。

三毛不惧大老黑,不服气地说:"黑哥,这也不是,那也不是,你把弟兄们搞糊涂了。这么好的活儿你让给二崔,总得有个原因吧?"

大老黑摸出一支烟点燃,狠狠地吸一口,一脸严肃地说:"以前我不知道,昨天晚上,我儿子告诉我,说他和二崔的女儿是高中同学……"

三毛一撇嘴:"就为这?"

大老黑接着说:"弟兄们都知道,我儿子今年高考。昨天分数下来了,我儿子跟我这个当老子的一样没出息,使出吃奶的劲儿连个二本也没考上。你们知道吗? 二崔的女儿考到哪儿了? 北京大学!"

"啥? 北京大学?"大老黑的话像一块石头丢进湖里,荡起一圈圈涟漪。

人群一下子骚动起来。四平瞪着两眼说："乖乖,北京大学,这么牛！我侄子连考三年,连个大学的校门都摸不着。"三毛翻着眼皮儿说："我的妈呀,北京大学,咱这城里能有几个?"

大老黑把烟头一丢,拍拍手,看着众人很庄重地说："二崔的女儿考上北京大学,不光是他的荣耀,也是咱大家伙儿的荣耀。从今天起,弟兄们让着点二崔。谁叫咱们是一个战壕里的战友呢！咱不为别的,就为他那考上北京大学的女儿……"

寂寞的凝视

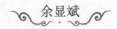

余显斌

那年,她十六岁,认识了他。他一袭长衫,眉宇间拢着一缕淡淡的书卷气,清俊中,漾一缕氤氲的水汽。

那是一个雪天,她饿倒在他的门外。

她是到这儿来投舅父的,可舅父搬家了,她找不着新地址,盘缠也已用完。一个女孩,人生地不熟的,又不好意思伸手乞讨。他走出来,看见她,扶回家,让人煮汤,端来饭菜。然后,派人出去帮忙寻找她的舅父。

他找到了她要找的人。当她走出他的黑漆大门后,走了一段路,回头望去,远远地看见他一袭长衫,站在雪地里,在风中遥望。她的心里,有一片青草在发芽,生长。

到了舅父家,她进了艺校,几年后毕业,成了歌星。

在歌舞场上,二十岁的她,个子高挑,身体线条柔软,棕色的眼睛令她看来有一种异域的味道。

在舞台上,灯光如水,她念着青春的台词:"对着兰花,你不要起誓。她的露珠,是她心中的诗,高洁,干净,只属于天空中的明月,不属于凡尘的你。"

台下,掌声雷动,一束束或艳丽或素雅的花儿送上。她收下,放下,明亮的眼光扫过台下,渐渐由热烈而清冷,最后,她垂下眼睫毛,一朵泪花,如露珠悄然滑下。

在台下，千万人中，她在寻找着一个人，一个穿一袭长衫，一脸书卷气的青年。

一次次遥望，一次次等待，她谢绝了达官贵人的邀请，摆脱了富豪大贾的纠缠。她清楚，她心中的那轮高洁的月亮，就是他。

她想，他一定还不知道自己现在的情况。

于是，她坐了一辆车，去了那扇熟悉的大门，将一幅桃花笺和一张入场券送去。桃花笺上，是她娟秀的字："明天晚上我演出，在鸿园剧场，望你来。"

信虽短，可话却有一份娇媚、一份深情和一份渴盼。

那夜的演出，她打扮得格外精心，一件素色旗袍，唇上点一抹淡淡的口红，一枝百合花袅娜地插在发髻上。她一出场，就博了个满堂彩，一个个观众伸长脖子，在瞻望着她，等待倾听她婉转的清音。

她却紧闭朱唇，四下里张望着，寻找着。

台子下响起了催促声，甚至有口哨声，她粉汗莹然，可仍未启朱唇，直到她看见他，一身长衫，落寞地坐在一个角落。

一缕笑浮上她的眉角眼梢，她的歌声，如蝶儿一样，在空中飞舞。在器乐声中，她边歌边舞，唱着《梁祝》："碧草青青花盛开，彩蝶双双久徘徊。十八相送情切切，梁山伯与祝英台。"她的眼前，又出现一个十六岁的少女走在雪地上，身后，一个身着长衫的青年远远遥望的情景。

她的歌声，在一阵又一阵掌声中停歇。

然后，是一束又一束花儿送上台来，但自始至终，没有他的。

散场后，她邀请他，用车送他回去，他不。她拦住他，递给他一张自己的照片，并略带撒娇地问："你怎么那么吝啬，一束花也舍不得买吗？"

他无言，过了一会儿，道："花能代表什么呢？"一句话，让她无言以对，愣在那儿，待醒悟过来，已不见了他的影子。

这以后，每场演出，他都去。

这以后,每场演出,她都精心准备,为他。

但渐渐地,她发现,他虽衣衫依旧,可风神不再,身上缺乏了过去的那种清俊,多了一些倦怠,甚至一些萎靡。她在台上,眼光时时有疑惑,有不解。难道,他有所爱? 难道自己在他的心里本就没有什么位置?

又一次,她拦住他,想问他什么。可还不等她张口,他就走了,脚步虽缓慢,却走得依然那么从容,一如第一次一样。

从此,他再也没有出现过。她急了,在又一个下午,去了那个熟悉的地方,敲开了熟悉的大门,说明来意。一个老夫人出来接待她,是他的母亲,流着泪把她引进他的书房。书房里,空空的,只有下午的阳光照在地上。

他患了绝症,已经远去,离开了这个世界,只有书桌上,留着她赠送他的一张照片,照片背面,写着一行字:盛开时喧哗,枯萎时寂寞,可无论何时,你都是我凝望中的最美一朵。

一刹那,她珠泪盈然。又一次,她看见他,一身青衫,凝望着她。她想,爱有时竟那么简单,却又那么深沉,一个无言的凝视,竟浓缩了一个人整整一生的感情。

兄 弟

张国平

父亲病了,弟弟不得不待在家里。弟弟心里的沮丧藏在紧锁的眉头里,因为不出去就意味着没了分文收入。

弟弟勉强称得上一名画家。弟弟是自学成才,没经过大学深造,在讲究传承的画界,弟弟自然没什么名气,也可以理解为靠卖画糊口的流浪画家。

弟弟的基础不差,那年专业课考了高分,却因文化课被挡在大学门外。为此我常为弟弟惋惜。

福建、广东等地都有弟弟流浪的足迹,父亲生病时他在义乌卖画,据说收入还可以。可是,父亲的病让他不得不回到豫北老家。弟弟撑着一个四口之家,没画可卖便意味切断了生活之源,但是弟弟毅然回来了,因为病人是他的父亲。

父亲脑溢血,情况相当危急,弟弟赶回来时医生刚刚下过病危通知书。不手术不行了,死亡的危险会随时降临。我扭头问弟弟:"怎么办?"弟弟说:"签字吧。"

弟弟最大的愿望就是攒够了钱去中央美院进修,拜名家为师,增长画技也增大名气,为以后发展夯实基础,添加砝码。目的尽管很俗,附带着生活的压力,也是没有办法的事。

侄女已到了考大学的年龄,侄子也该上初中了,弟弟住在县城,多少年

了还租赁别人三间破旧的瓦房,用钱的地方很多,我知道弟弟并没有攒够他想进修的钱。

即便没有弟弟的话,我仍会毫不犹豫地签字给父亲手术,我是想看看弟弟的反应。尽管医生说差不多要十万元左右的费用,弟弟却没有流露出丝毫的犹豫。

弟弟兜里并没多少钱,语气里的无奈与沮丧只有当哥哥的能品味出来。我只是名小职员,没多少结余,但比较弟弟而言,条件相对宽余,可是我却征求弟弟的意见。生活坎坷,可能这是弟弟最难的一次,但应该不会是他最后的磨难,以后的道路也许他还会经历很多。

手术比较顺利,费用比预想的少很多,从弟弟轻舒的长气里看得出他的释然。如释重负,但看不出弟弟的开心,他心里惦记着钱的事。兜里钱不多,已有的治疗费怎么分摊? 够他伤脑筋了。

他问:"哥,爹的医疗费怎么办?"

医疗费我全拿出来困难,但我还是有点办法的,大不了借了以后再还。我却说:"我拿一半吧,剩下的一半你跟两个妹妹分摊,你拿四分之一,行吗?"

四分之一也够他挠头了。

"好吧哥。"弟弟说,等我攒了钱,你多拿的部分我再还上。

亲兄弟之间谈钱很尴尬。我说:"真的拿不出来了就说,我比你好想办法。"

"哥够照顾我了,这点钱我行。"弟弟说。但是,弟弟后几次分摊的钱还是借了别人的,是弟媳告诉我的。

我眼圈湿湿的,想了很久还是没有说出以后的钱我全包了的想法。

父亲终于脱离了危险,可以出院了。可是这种病恢复得很慢很慢,医生和药物已退其次,主要靠病人坚持锻炼。那段时间我和弟弟与两个妹妹轮流照顾父亲,母亲身体一向不好,她没有能力单独照顾人。我礼拜五下午再晚也要回老家,下礼拜一凌晨搭车回单位,剩下的五天时间由弟弟和两个妹妹照顾,为的是节省弟弟的时间。尽管那以后父亲的康复费用我包下了,但是我知道弟弟已经钱囊倾尽,腾出时间也好让他创作。

弟弟夜以继日地辛勤创作,销路却成了问题。在义乌,弟弟的画由一位香港人专门营销,为了赚取大头赢利,香港人的销路是保密的。弟弟跟他失去了联系,新的客户又没时间谈,很快画作成堆,无法售出。再说一个小县城有几个人懂画? 又有几个人购买跟衣食住行毫不沾边的画? 弟弟苦恼。

那天我说:"拿几幅你的画我看看,兴许能找到销路。"

"真的?"弟弟很兴奋。

"再说市级城市怎么也比县城市场大,懂画的人也多,兴许有门路。"我说。

弟弟的画进步很大,很像模像样了,我不懂画,但也能看出点眉目。弟弟的画真的能很快出售出去? 我也没有把握。可是我却对弟弟的画作大加褒奖,吹嘘说:"行,没问题,我认识的老板中有人爱收藏。"

弟弟问:"你不是没有把握吗?"

我说:"我又不懂画,但比我懂的大有人在。"

弟弟很兴奋,脸上露出了久违的笑容。

几天后我给弟弟打电话说:"行啊,我把你的画给人看了,很多人有购买的意向,你好好画吧,推销不成问题,而且价格不菲。"

弟弟替换我后回家,弟媳打电话说:"你弟弟简直疯了,没日没夜地画画。"

放下电话,我长长舒了一口气。

那段时间,我一共拿走了弟弟十幅画作。

马上要春节了,我将卖画的钱一并数给弟弟。弟弟掂量着那沓钱,哽咽着说:"这下好了,这下好了。"

弟弟给父亲买了营养品,送我返回小城的路上又特意给我买了一条香烟。弟弟说:"你深夜创作也不容易,拿去抽吧。"

我怎么也推辞不掉,只好带上香烟。

在车站,我只跟弟弟挥了挥手便低下了头,因为两行滚烫的东西已湿了我的脸。

弟弟的那十幅画藏在我书柜里,我想等父亲能自理了再装裱,然后堂而皇之地挂出来。

谁都知道我爱李小珊

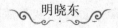

明晓东

　　他第一次看见李小珊是在十七岁那个阳光灿烂的夏天。

　　校园里的合欢花开了的时候,他正抱着篮球从操场跑回校园,绕过一棵开满鲜花的树,满地的阳光像一道金色的水流淌过干净的草坪。树荫下一袭白裙若隐若现,一个美得像画中人一般的女孩正在花坛旁边的草地上,静静地读着一本书。也许是他的莽撞惊扰了她,女孩抬头望了他一眼,一道如水的目光向他飘来,也飘进了他的心上。一瞬间的对视中,突然有一种柔柔的感觉从他的心底缓缓升起,那一个夏天的剪影就此在他记忆中定格。

　　常常是在黄昏的合欢树下,他会一个人流连在花坛旁边,默默地等待,只是为了看她一眼。他已经偷偷地打听到了她的名字——李小珊,一个和她人一样美丽的名字。

　　他知道她爱看书,还会写那些飘着淡淡的惆怅感觉的诗。于是他开始钻进学校图书室,专门找那些朦胧的诗歌来读,在淡淡的感伤中写诗,写那些充满忧伤而飘扬着青春的句子。

　　真正认识她是在学校文学社的聚会上。他大声地朗读着自己偷偷写给她的诗,看着她认真地听的样子,他开心极了。

　　文理科分班的时候,他终于如愿以偿地和她分到了一个班,渐渐地对她熟悉起来,他知道她的家庭条件优越,而他却是班上最不起眼的男生,永远是一身洗得发白的蓝色校服，窘迫的家庭条件让他抬不起头来。

那一年夏天，照例是暑假补课，全班的学生都在慵懒的酷热中听着老师喋喋不休，却独独少了李小珊。看着李小珊空荡荡的座位，他的心里像是被掏空了似的失落。后来班主任来组织大家到医院看望李小珊，他才知道李小珊原来是病了。班主任通知大家每人准备一件礼物时，他既兴奋又焦虑。整整一夜，他用在操场上捡来的武警中队打靶训练时留下的子弹壳为她做一只金黄色的项链坠子。他用在化学试验时偷来的金属锡焊接，在水泥地板上一遍遍地打磨，用红色的毛线串起，终于为她做成了一条金黄灿烂的项链，然后偷偷地写了平生第一次写给女孩的纸条，装进正中稍长的那个子弹壳里，轻轻地塞上铅弹。那张纸条里藏着他全部的心事。

阳光灿烂的午后，班主任带着他们走进病房时，他看着同学们各式各样的礼物，终于鼓足了勇气把自己那条最不起眼的项链放在李小珊的床头，红着脸逃了出来。

夏天终于过去了的时候，李小珊又回到了教室。他像一个等待审判的犯人一样忐忑不安，既害怕李小珊看不到那张装满自己心情的纸条，又害怕李小珊看到后再也不理他。

终于在一个宁静的夜晚，翻开书包的时候，他看到了那条项链，依然完好无损地躺在自己的书包里，他的心情一下子落入了谷底。

那一晚，他流泪了。一个人独自买来了一瓶酒，他在教室里醉得一塌糊涂。借着酒劲儿，他在黑板上写下了"林墨涵 Love 李小珊"几个大字，然后沉沉地睡去，他要看看李小珊看到这些之后气急败坏的样子。

第二天早上，先是同学们的哄笑声，接着是上早读的语文老师的追问声，再接着是李小珊嘤嘤嘤嘤的哭声。他笑了，他要的就是这个效果，他要的就是让所有人知道他爱李小珊。后来他被班主任叫去谈话，再后来他和要求他通知家长的校长大吵了一架，在愤恨中夺门而出，离开了校园。

后来他去了南方。

在南方的日子里，他拼命地赚钱养活自己，拼命地读书，通过自学拿到

了大学文凭。再回到小城时,他已成了小城政府机关的公务员。那条黄铜项链,他一直珍藏着。

十年的时光如那年夏天的阳光,无声无息地轻轻淌过。十年里,他一直关注着李小珊,知道她远嫁他乡,知道她在被丈夫抛弃之后疯疯癫癫地去了另一个世界。后来他终于和一个长得和李小珊十分相像的女孩结了婚,而且很快有了女儿,日子过得像水一样波澜不惊。

那一天,他照例外出应酬,回来后,看到女儿正在把一条锈迹斑斑的子弹壳项链往脖子上戴,原来是妻子在一堆杂物中找出了它。他慌忙地从女儿手中抢过来,"啪"的一声项链落在了地上,中间稍长的子弹壳上的铅弹掉了下来,一张发黄的纸条露了出来:

"你相信吗墨涵,这是我收到的最好的礼物,从你站在阳光下的讲台上读诗的那一刻起,我就喜欢上了你……"

纸条上沾满绿色的铜锈,字迹早已模糊不清,但落款上"李小珊"的字样依稀可见。他搂过一脸疑惑的妻子,轻轻把纸条揉成一团,又轻轻地展开,再用打火机点燃,看着轻轻的烟雾散去。只是没有人看见,他脸上淡淡的泪痕。

情　人

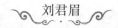
刘君眉

　　我被从家里赶出来了,是我的妻子陈燕告的状,我再三嘱咐她不准说,我一转身她还是向我妈说了我和千姿的事情。

　　千姿原是我一个哥们儿阮涛的女人,可阮涛是有家室的人,他对我说他只是一时酒后性起,可千姿却动了真,要死要活非要和阮涛在一起。那天阮涛和我喝酒他哭丧着脸求我:"钟年你去帮我向千姿说说,她要什么我都可以给,除了我。"千姿我见过一面,那次阮涛的车送汽修厂,他坐我的车去见千姿。隔着半开的车门,阮涛给我们作介绍,我没有下车,只礼节性地点了点头。车开出很远,我从倒车镜里看到阮涛搂着千姿的腰,两个人柔情蜜意的,像十几岁的少男少女一样在路边互吻。我说:"这个忙我帮不了,别忘了我是单身,根本没有恋爱经验。"阮涛说:"小子,你要是不想看着你哥我被你嫂子五马分尸,你必须得帮我。"我说:"为什么非得是我?"阮涛说:"因为你和我是从小在一个大院里光着屁股长大的朋友。"

　　我去找千姿了,就因为阮涛那句话。

　　那天千姿流了很多眼泪,我陪着她喝光一瓶红酒,又喝光一瓶红酒,到最后我们两个人都喝多了。酒壮熊人胆,天亮时我发现,我和千姿横卧在地板上,就那样东倒西歪睡了一夜。

　　我和千姿好了。

　　阮涛一次在酒桌上指着鼻子骂我，他没有骂完就被人架出去了。坐在我边上的朋友小声抱怨我："你何苦把自己搭上？"可他们哪里知道千姿的好呢？妩媚妖艳都不足以将她形容。我把千姿带回家给妈看，说："我要娶她。"千姿第一次到我们家，那顿饭吃得要多客气有多客气。她刚一走，妈就把我拽到屋里，指着我的鼻子让我和千姿立马断了。我说："为什么？和她在一起我很快乐。"妈说，千姿一身的妖气。我说妈："你不懂，那叫风情好不好。"妈死活就是不同意，拍着桌子说："你要是和她结婚除非我死。"我以为妈不过是吓吓我，天底下哪有拗过孩子的父母，低头只是迟早的事。新房装修到一半，姐姐白着脸急急从医院来了，妈听说我装新房结婚，喝了安眠药，正送往医院抢救。我丢下正在贴壁纸的千姿，跟着姐姐向楼下跑，临到门口我回头看，千姿站在木梯上呆呆看着我，手里的壁纸正飘飘悠悠落下去，那壁纸上的合欢花是她亲手画上去的。

　　一星期后，妈出院了。这一星期对妈来说生死攸关，对我来说也是煎熬。姐说："千姿真不适合你，以女人看女人，她不是适合你的人。"我哪里听得进去？千姿早已给我施了巫法，我的肺腑身心已中了她的毒。

　　千姿走了，没有人知道她去了哪里，好像她从来都没有存在过。

　　一年后，我和陈燕结婚了，是相亲的结果。

　　再次见到千姿，是给公司里新来的同事开迎新会时，我们在酒吧里喝酒。我嫌吵，到楼道里去抽烟，一抬头，千姿正从对面走过来。那长发，那眉眼，那腰身，跟我梦里见到的一模一样，我迎着她走去。

　　千姿淡淡地说，她离开我后和一个比她年长的男人结了婚，年初刚刚离了。千姿说得轻描淡写，我听得满腹酸楚，伸出手将她的手握住。

　　我尽量做得极尽周密，还是被陈燕发现了。我心一横就说了实话，我觉得自己也该做回男人，总是要有一个人对不起。陈燕大概觉得势单力孤，就拉上妈妈来做后台。妈一听见千姿这个名字就给我一个字："滚。"

　　我真滚到千姿那里去了。有时候两个人面对面坐着，我捧着千姿的脸端详，妩媚嫣然百看不厌，恍然有时光倒流的感觉，仿佛她在我的肉里，在我的骨里,我们根本没有分开过。千姿是知道我的,她的手、她的身,是魔杖,轻轻一触就将我点燃。我抱着千姿呢喃:"不要离开我。"千姿只左右躲着我伸向她腋窝的手,咯咯笑个不停。我要拥有千姿,和她一生一世。我拉着千姿到处去看新房,我握着她的手在房产证上写下了她的名字。

妈给我下了最后通牒,如果我要千姿,他们从此就不要我。我求老姐通融,老姐说:"没门儿,妈宁要陈燕不要你。"我不能再对不起千姿,我让陈燕做好离婚的准备,等我出差回来就办,是我有错在先,财产上我一分不要,全归她。陈燕答应了。

出差回来,我开车直奔千姿那里,车座上一大束红玫瑰下面压着我和陈燕的离婚证。我奋力敲门,我要在千姿开门的那一瞬间向她下跪求婚。门没有敲开,倒是把物业的人招来了,他们说这房子两天前已经卖出去了,根本不知道卖主去了哪里。

我像个疯子一样开着车在街上横冲直撞,直到最后与另一辆车相撞。

醒来时我躺在医院里,浑身上下被白纱布包得像戴孝。妈和陈燕一人坐一床边,眼睛哭得红肿,姐悄悄告诉我,她们已报了警,说有人在机场看到千姿和阮涛一起……我扑哧一声乐了:"这才是千姿。"姐吓坏了,摸我的头问我是不是被撞傻了。我说:"你去警局撤诉。"姐一脸怕刺激我犯病的妥协表情:"好好好,我去撤。"

天黑了,我拉开窗帘。医院的十七楼外,夜空中有一架飞机闪烁着从窗前飞过。我把脸贴在玻璃窗上默默祈祷,希望千姿和阮涛能飞得远远的,永远不要飞回来,永远不要。

忽然之间

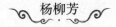

杨柳芳

　　那年我和刘大献的婚姻有了下坡滑的迹象,这迹象隐匿在我们的生活里,却又不爆发出来。比如,我开始彻夜上网了,比如刘大献开始不按时回家了,有时我们还会不间断地展开冷战,有时又会不间断地进行小吵。当然,我们也还有回归原位的迹象,比如在冷战过后,在小吵过后,我们仍然会在床上温存。

　　林小宇就是在这个时候忽然出现的,起初他仅仅是出现在我的 QQ 好友里,后来他在我 QQ 空间里看到我的相片之后就决定对我展开热烈的追求。

　　我在电脑前嗤笑一声后就明确地提醒他,我说:"我已经是一个五岁孩子的妈了。"他却说:"爱一个人不是爱她的经历,而是爱她这个人。我不管你是否结过婚,是否有小孩,总之我是爱你的。这爱或许来得过于唐突,但却阻止不住我要见你的渴望。"

　　一个月之后,这个有些莫名其妙的林小宇果真出现在我的面前。仅仅因为看了我的相片,就从遥远的内蒙古飞来南宁,简直太不可思议了。

　　正是午休时间,我坐在公司楼下的小花园里看小说。他的出现,让我愣了好久,只见他一张黑褐色的脸上洋溢着青春的笑。他说:"阿芳,我来了,你高兴吗?"

　　林小宇用一双赤诚的眼睛看着我,他高大,健壮,开朗。他总是不停地叫我阿芳,总是不停地问我问题,诸如:"阿芳,你高兴吗?""阿芳,我可以追求你吗?""阿芳,你愿意接受我吗?""阿芳,你喜欢我吗?"

林小宇的忽然出现让我措手不及。

这个三十五岁的男人,凭着扎实的水电专业知识顺利通过了公司的面试,成了技术部的水电总工,也因此使我们的关系在忽然之间从网友升级到了同事。

一片树叶飘飘扬扬地落在我的头上,林小宇的一只大手就伸了过来,他撩开挡住我眉毛的刘海,仔细地端详了一下我,他说:"你和照片有些不一样。"

我"哼哼"了两声回他:"我说过我真人比相片丑。"

他一抬手又把落在我头发里的树叶摘了下来,他摇头说:"不是,你比相片要显得年轻一些。"

林小宇对我的追求是热烈的,而我们相处的时间却又是极其有限的。除了平时工作上的正常往来之外,唯一可以独处的也就是午休的两个小时。林小宇为此对我提出抗议,他说每个星期至少要有一次晚上约会的时间。我坚决否定了他的抗议,我说:"我不可能和你结婚,我有小孩,而且我也没打算要和你发生什么。"林小宇脸一沉就说:"晚上没时间,起码中午要陪我吃饭。"于是,每个中午,林小宇就十分准时地将我带到公司附近的一个咖啡屋里吃饭、品咖啡。我不去时,他就一头伏在我的办公桌上,他说:"你不去,我就一个中午赖在这里。"没辙,我就去了。天天中午如此,他兴奋地帮我提着挎包,还哼起了我很久没听过的《忽然之间》:

忽然之间

天昏地暗

世界可以忽然什么都没有

我想起了你……

我仿佛又回到了恋爱时期,林小宇的热情把我和刘大献的婚姻瓶颈一下子打开了。我和刘大献虽然偶尔还会冷战一下,偶尔还会小吵一番,但一

红尘有爱·半亩花田勿忘我

想到自己和林小宇在一起的情景,就多少对刘大献怀有一点儿惭愧之情。虽然我和林小宇之间也仅仅是一起喝喝咖啡,一起唱唱歌,一起畅谈一下未来,但那种惭愧之情在看到刘大献时仍然会情不自禁地蹿出来,以至于我们的冷战和小吵每每会因为我的惭愧而在短暂的时间里消解。

有一回,林小宇耐不住晚上的寂寞,突然打电话过来。他说:"阿芳,你出来,我喝醉了,我在梦之岛花园里,你过来吧,我要死了。"

没等我回话,他就挂了电话。我看看电视机前的刘大献,又看看墙上的挂钟,已经是晚上十点半了,我怎么出去呢? 我该不该出去? 我用什么理由出去呢? 我想了一会儿,最后还是决定要出去看看。我对刘大献说:"我出去一下。"刘大献没问我去哪里,他看看我,"哦"了一声之后,就又把头转向电视。

林小宇确实喝醉了,躺在花园里的石凳上,见了我,就咕噜地爬起来,然后一把将我揽进怀里,喃喃地说道:"阿芳,你来了,你怎么现在才来!"我挣扎着从他怀里钻出来,我说:"小宇,你太冲动了,你不该来南宁。你现在后悔的话,明天就回去,就当来南宁旅游一趟吧。"林小宇哪里听得下去,他伸手又要来揽我,我身子一闪,他扑了空,他又喃喃道:"阿芳,你不喜欢我吗? 你真的不喜欢我吗?"我没有回答他,我走过去把他从石凳上扶起来,我说:"走! 回去,晚了可不安全!"他顺着我的手站了起来,乘机又在我的唇上吻了一下,之后就甩开我的手跑了。

这一吻如此之忽然,就像他忽然说爱我,又忽然出现在我面前那般,我站在夜色下失神了好一会儿。他的声音远远地传来:"阿芳,你好样的,再见啦,再见啦。"至此,这个莫名其妙的林小宇忽然之间就又消失了。

我和刘大献的生活又恢复了波澜不惊的状态,并且我们以这样的状态一直生活到现在。有时候刘大献会说起他住在内蒙古的大学同学,一说到这个,我就会想起林小宇来,我甚至会认为林小宇的出现或许正是刘大献制造出来的一个阴谋吧。

可能吧,或许,总之已经不了了之了。

烟灰缸

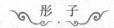

彤子

男人来找女人，从另外一个城市到南方的水城。

在女人就职的公司门口，男人却不敢进去，摸出一根烟，愁眉苦脸地吞云吐雾。女人是男人的妻子，最起码现在还是，但男人却没有勇气推开那扇明镜似的玻璃门，因为女人的出走正是男人的一场毒打引起的。

女人很柔弱，说话柔声细语，表情文文静静。男人动手之前绝没料到女人有那么大的勇气，敢离家出走，一个人跑到陌生的水城找工作。

在男人看来，男人打女人是再正常不过的事情了，因为男人从小就是在这种环境下长大的，男人的老爹也经常打老婆。在那种情况下，男人的老娘只有两件事可以做，第一件事是哭，第二件事还是哭。所以在男人看来，女人遭男人的毒打时最大的反抗就是哭。

女人出走后男人想了很多，渐渐发现也并非全是女人的错，其中有母亲对女人的歧视和姐姐的挑唆。男人准备好了一套道歉的话，但到门前却找不到头绪。男人在门外拼命抽烟，就是想缓解自己的紧张，把准备好的话再搜索一遍。

玻璃窗里突然出现了女人的身影。女人变得更漂亮了，更加楚楚动人，丝毫看不出离家出走时鼻青脸肿的痕迹。男人更怯阵了，鼓起的勇气像皮球泄气了。

女人隔窗看到了男人,先是一惊,后又扭脸躲藏起来。不能再等了,女人万一躲走了,就丧失了跟女人和好的机会,男人冲进门去,喊女人的名字。

女人的同事用鄙夷的目光打量男人,仿佛在揶揄一个叫花子。

女人的同事都说她不在,男人说:"你们别再骗我,我已经看到她了。"

男人赖在办公室里不走,闹得同事们无法上班。女人只好出面,把男人拽了出去。

"你怎么来了? 你来干啥?"女人愤愤地说。

"我……我想你。"男人准备好的话全忘了,只吞吞吐吐说出这几个字。

"可是我不想你,你走吧,我们已经结束了。"女人说。

"可……可你还是我老婆啊。"男人说,"我不走,我不走,我来了就不走了。"

"咱们的事以后再说吧。"女人说,"你走吧,我还忙呢。"

"走? 我到哪里?"男人压住怒气说,"你让我去哪里?"

"你爱去哪里去哪里。"女人说。

"不。"男人说,"你不陪我走就别想上班。"男人耍起无赖来。

"那好吧。"女人无奈地叹气说,"那就跟我走吧。"女人把男人带到了她租住的房子。

"原谅我吧,原谅我吧。"一进门男人便扑通跪在女人面前,苦苦哀求。

女人的两行泪缓缓滑落。男人看女人心软了,一把抱住女人便朝床边走。

"放下我!"女人挣脱了,对男人说,"原谅不原谅以后再说,现在我要回公司。"

女人走后男人乐了,女人的心是豆腐做的。

房间里很凌乱,男人为了好好表现,帮女人整理床铺。"叮当",一样东西从女人被子里摔在地上。男人捡起来看,一下呆了。那是一个精美的打火机,洁白的机壳上有一朵暗藏的玫瑰。

打火机是男人才有的东西,难道她……男人的脑子一片空白。怪不得

194

半年一个电话也不打,怪不得要急着回公司,原来她移情别恋了,原来她想回去串通口气呀。男人高高扬起手臂,准备摔了那件打火机。男人的手扬在空中却停住了,男人想,这是证据呀。

房间里肯定还有另一些男人的东西,比如袜子、领带甚至内裤什么的。男人凭借着自己的想象在房间里翻天覆地找,终于在女人床头柜的抽屉里,发现了一个棱角分明的烟灰缸。烟灰缸里积满了灰屑和烟头,男人的猜测终于被证实了。

男人本想给女人做饭,但现在不做了,拼命抽烟,专等女人回来。

看到房间里乌烟瘴气,女人回到家原本露出的一点微笑,又从脸上迅速消失了。

男人问:"现在我还是你的男人,对吧?"

女人问:"你想说什么?没必要拐弯抹角。"

女人满不在乎的口气,让男人的心更凉了。男人说:"我打了你是我的错,你跟我离婚我认了,但在离婚以前你还是我的女人,我的女人不应该属于另外一个男人。你这样做很不道德,道德这个词你懂吗?"

"我怎么不道德了?我有我的道德底线。"女人说。

"道德底线?你的道德底线就是放荡,你是一个放荡的女人,你是一只破……"男人声嘶力竭地吼。

"算了。"女人深深地叹气,"我本来想原谅你,但现在看来你还是那个没修养的人,我们的婚姻该走到尽头了。"女人说着从挎包里摸出一盒烟,缓缓地点上,伸手从床头柜抽屉里拿出那个烟灰缸。

男人再次惊呆了。

女人说:"你知道这半年来我是怎样过来的吗?我也是女人,一个有血有肉的女人,有一个正常女人应该拥有的一切,但我没有,没有,你知道吗?"

男人再次跪在女人面前说:"是我不好,我不该误解你。我们和好吧。"

"想和好简单。"女人指着烟灰缸问,"你回答我,这里面是什么?"

男人说:"烟灰和烟头。"

女人说:"你再仔细看看。"

男人说:"是烟灰和烟头呀。"

"你回答错了。"女人泪水盈眶,缓缓地说,"那是寂寞,是煎熬,所以你永远不懂我的心。"

男人愣了,就那么傻傻地跪着,头耷拉得越来越低。